Hanako
Fille du Soleil levant

Cet ouvrage a été réalisé par les éditions Milan
avec la collaboration de Josselin Rieu
Mise en pages : Petits Papiers

1, rond-point du Général-Eisenhower
31101 Toulouse Cedex 9
ISBN : 978-2-7459-6131-0
editionsmilan.com

Élodie Loch-Béatrix

Hanako
Fille
du Soleil levant

MILAN

chapitre 1

Ikebana [n. m.] : Art floral japonais

1

– Hanako… a soupiré maman. Si à Noël tu n'es pas convaincue, on reparlera de ce cours de danse. Ce serait bien que tu aies un lien avec tes racines.

– C'est pas une raison pour m'envoyer à un cours de plantes vertes !

J'ai tourné les talons pour aller me calfeutrer dans ma nouvelle chambre. Ma vie est un désastre… le déménagement… la rentrée en 4e… et maintenant ça ! Princesse B, elle, va au cours de danse de Fahria, la gagnante de *Top Dance*. Et moi ? Moi, je vais faire de l'ikebana ! Je vais faire des bouquets avec des branches d'arbres ! Trop la classe !

– Hanako ?

– Quoi encore !!!!

– Ton amie Chloé est là… et ne me parle pas sur ce ton. On te propose juste de faire une activité, pas de te couper une jambe !

Chloé était trempée. Elle s'est vite glissée dans ma chambre.

– Tu devrais arrêter de mettre ces bottes, Chloé…

– Je sais, mais c'est les seules chaussures qui vont bien quand il pleut. Tu as vu comment Princesse B et les duchesses m'ont regardée ?

Je me suis alors lancée dans une imitation :

– Oh, Chloé, je suis prise d'une affreuse nausée soudainement. Quelqu'un sait pourquoi ? Mais ce sont ces affreuses bottes jaunes qui me donnent des haut-le-cœur ! Chloé, comment…

– C'est bon, arrête, c'est pas drôle ! La rentrée est à peine passée et j'ai déjà été cataloguée « Miss moche ».

Est-ce que Chloé était moche ? Je n'en savais rien… C'était ma copine, ma pote, ma *best friend forever*! On se connaissait depuis peu mais on était déjà inséparables. Au collège, les attaques de cette peste de Princesse B et de ses duchesses nous avaient soudées. Ce sont des choses qu'on n'explique pas.

Le jour de la rentrée, papa m'avait laissée devant le portail du collège pour que je « *ne prenne pas le bus toute seule* ». J'étais descendue de la voiture devant tout le monde. Super gênant ! C'est quand même dingue que les parents ne comprennent pas ça ! Je portais un jean avec mon T-shirt préféré et le blouson en cuir offert par ma cousine. Bien sûr, papa et maman n'étaient pas ravis que j'aie un blouson en cuir « *à mon âge* » mais ils n'avaient rien osé dire devant Hitomi. Le porter pour la rentrée était ma victoire même si je ne me sentais pas très à l'aise. Et si ça faisait un peu trop ?

La sonnerie avait retenti dans la cour et les élèves s'étaient mis en rangs. Je m'étais approchée de celui de la 4e B, ma classe. Un type ressemblait à Ron dans *Harry Potter*; à côté de lui, il y avait cette fille… Bérénice, alias Princesse B. Et juste derrière elle et son trio diabolique, se trouvait Chloé qui les fixait avec un drôle de regard. Un regard qui disait : « *Mon Dieu, pourquoi je ne suis pas comme ça* ? » mais aussi : « *Pitié, débarrassez-moi de ces dindes* ! » Chloé avait tourné la tête ; elle avait vu que je l'avais vue. On a su qu'on pensait pareil. Et on était amies avant même de s'être parlé.

– Hanako ? Hé, tu m'écoutes ? C'est quoi cette histoire d'activité ?

– Oh, ma mère veut m'inscrire à un cours d'ikebana. Quand ils vont apprendre ça au collège, ça va être la honte.

– Mais c'est quoi l'ik…

– Ikebana… C'est un art floral japonais. En gros, tu fais des bouquets de fleurs et tu te prends la tête pendant huit ans pour savoir si ta branche ne serait pas mieux un centimètre plus à droite ou un millimètre plus à gauche.

– Dit comme ça, c'est sûr que ça ne fait pas rêver. Mais quand même, ça doit être bien d'être à moitié japonaise…

C'est à ce moment que maman a surgi dans ma chambre sans frapper.

– Les filles, la maman de Chloé est là. Hanako, tu descends pour mettre la table !

Le lendemain matin, il faisait un froid saisissant. Sur la route du collège, je me suis enfoncée le plus possible au creux du vieux siège en velours gris dans l'espoir de me réchauffer. Mon écharpe en laine angora m'arrivait au-dessus du nez. Je me suis regardée dans le miroir du siège passager en plissant les yeux. Finalement, si on ne regardait que mes yeux, je n'étais pas si mal.

– Papa, tu trouves que je te ressemble ?

Il m'a fixée un instant avant de se concentrer à nouveau sur sa conduite.

– Alors ? ai-je insisté.

– Je crois, oui ! Tu ressembles à ta tante Ame quand elle avait ton âge mais avec de plus grands yeux. Je crois que tu plairais aux garçons japonais avec tes yeux verts et tout ronds, a-t-il ajouté en riant.

J'ai commencé à rougir. Je n'aime pas trop parler des garçons avec mes parents ou ma famille. Quand j'étais petite, mamie Léonie avait appris que j'avais un amoureux et l'avait raconté à toutes ses amies. Depuis, je n'en parle plus aux adultes. Ils ne prennent pas ça au sérieux.

– Tu te rappelles de ta tante Ame ? On a mangé chez elle la dernière fois que nous sommes allés au Japon !

– Je me rappelle de sa maison et de Hitomi, mais j'ai du mal à retrouver le visage d'Ame. Tu pourras me montrer une photo ce soir ?

– Bien sûr ! Je suis sûr d'avoir une photo d'elle dans mon bureau. Tu peux aller fouiller en rentrant de l'école si tu veux, les photos sont dans la grosse boîte noire avec les motifs de grues.

– Celle qui est en haut de l'étagère ?

– Non, celle-ci, je t'ai déjà dit de ne pas y toucher. Je parle de celle qui est au coin de mon bureau, à côté du pot à crayons que tu m'as fabriqué pour la fête des Pères.

– Pourquoi je ne peux pas voir ce qu'il y a dans l'autre boîte ?

– Hanako, n'insiste pas… Au fait, tu as réfléchi à la proposition de maman ?

– Pour l'ikebana ? Mais c'est nul comme activité !

– Hanako, ça me ferait plaisir que tu t'intéresses à ma culture, TA culture. Et puis, c'est une chance d'avoir une vraie école d'ikebana dans notre ville. Il y en a peu en France…

En ralentissant pour se garer, il m'a lancé :

– On est arrivés, mon écureuil ! Réfléchis et on en reparlera ce soir.

– Et mon bisou ? s'est-il écrié.

– Papaaa ! ai-je répondu en levant les yeux au ciel.

– D'accord, j'ai compris… J'aurai peut-être plus de chance ce soir ! Passe une bonne journée, écureuil.

– Toi aussi, *chichi* !

Il aime bien quand je dis « papa » en japonais.

Je suis vite descendue pour rattraper Chloé qui venait de passer à côté de la voiture sans me voir. En deux mois, j'avais remporté une première bataille : papa acceptait de me déposer à cinquante mètres de l'entrée du collège.

2

– Chloé !!!

Elle s'est retournée et a attendu que je la rejoigne.

– Tu devineras jamais, a commencé Chloé avant de se figer net.

En suivant son regard, j'ai repéré Adam, alias le sosie de Ron. Il se dirigeait vers le groupe des duchesses…

– T'inquiète, Chloé, elle va lui dire non, c'est sûr. Et ensuite, il s'intéressera enfin à une autre fille… comme toi !

– Elle va lui briser le cœur, Hana. Et de toute façon, il ne voudra jamais sortir avec moi. Je suis juste son amie moche…

– N'importe quoi ! Il serait bien mieux avec toi qu'avec cette dinde glossée.

On s'est approchées pour mieux suivre la tragédie en train de se jouer. Adam se tenait devant Bérénice, l'air niais. Il tremblait comme lorsque la prof de maths l'interroge subitement en cours. Bérénice lui a adressé un vague sourire.

– Hana, elle lui sourit. Oh non, tu crois qu'elle va dire oui ?

– Chut… J'entends rien ! Arrête de stresser.

Après avoir pris une grande inspiration, Adam a lancé :

– Bérénice, je peux te parler ?

– Mais bien sûr, Adam, a-t-elle minaudé. Les filles, vous nous laissez ?

– Je… heu… Bérénice, tu es la plus jolie fille du collège et, enfin… je me demandais si… tu vois quoi… enfin, je crois que… je t'aime mais je sais pas comment te le dire.

– Adam, comme c'est mignon, s'est-elle exclamée. A-do-ra-ble !

Les yeux d'Adam se sont mis à clignoter, pleins d'un espoir improbable. Chloé a frissonné et m'a planté ses ongles dans le bras.

– Soyons sérieux deux secondes, Adam, reprit Bérénice. Même si tu étais le dernier homme sur Terre, je ne te regarderais pas.

Alice a gloussé à cet instant.

– Hinhin… Le dernier homme, trop drôle ! Parce qu'Adam, c'est le premier homme…

Bérénice lui a immédiatement coupé la parole :

– Alice, je n'ai pas besoin que tu expliques mes vannes, ma chère. Quant à toi, Adam, je conclurai en disant que tu es un triton : mi-homme, mi-thon ! Alors, va te chercher une sirène !

La sonnerie de 8 h 30 a retenti. Bérénice a fait voler ses cheveux de princesse en tournant sur ses talons. Adam est resté planté sur place, les larmes aux yeux et les mâchoires crispées. Mon cœur s'est serré. Un jour, Bérénice payera pour tout ça. Adulte, elle deviendra moche et toute sa laideur ressortira par les pores de sa peau.

– Allez, Adam, ai-je glissé en m'approchant, viens en cours. Ne lui fais pas le plaisir de lui montrer qu'elle t'a blessé.

Les regards des quatre cents élèves étaient braqués sur nous. Tous savaient déjà que ce pauvre Adam s'était pris un râteau. Plus on approchait de notre rang, plus Adam suffoquait.

– File aux toilettes, Adam, j'expliquerai au prof de français que tu es malade.

– J'ai une annonce importante à vous faire, a-t-il déclaré au milieu du brouhaha.

M. Etcheveste, notre professeur principal, est aussi mon prof préféré. Quand il nous parle de littérature, il devient un peu foufou. On dirait un conteur.

– Cette année, il va y avoir un nouvel événement.

M. Etcheveste a marqué une pause, histoire d'accrocher tout le monde, puis il a repris plus bas avec sa voix grave :

– Chacun de vous a un talent, un jardin secret, un truc qui le rend spécial... Et vous allez avoir l'occasion de développer et de montrer votre don.

– Vous nous prenez pour les X-Men, monsieur, ou quoi ? s'est écrié Lucas.

– Et pourquoi pas, monsieur Borme ! Vous avez bien le superpouvoir de vous endormir en cours les yeux ouverts, non ?

Toute la classe a rigolé, même Lucas.

– Vous devrez donc préparer pour la fin de l'année une petite mise en scène de trois minutes environ pour faire découvrir aux autres votre talent. Une grande soirée sera organisée pour l'occasion. Toutes les classes du collège vont participer.

– On peut faire une présentation à plusieurs, monsieur ? a demandé Margot.

– Tout à fait, mais en groupe de quatre maximum.

Les duchesses se sont tapé dans les mains avec un grand sourire. C'était clair qu'elles allaient préparer une chorégraphie sublime avec l'aide de Fahria, leur prof de danse.

– Et si on n'a pas d'idée ? a soupiré Medhi.

– Vous avez le temps de réfléchir. Sachez aussi que dans chaque classe, deux élèves participeront à une pièce de prévention sur les dangers du tabac.

Le prof a eu un petit rire nerveux et a repris :

– J'ai entendu dire qu'il y aura des costumes de cigarettes et de tumeurs. J'espère qu'il y aura des volontaires.

Un déguisement de tumeur ! J'ai visualisé un tas gris et violacé avec des excroissances dégoûtantes… Si quelqu'un devait tomber sur scène en se prenant les pieds dans un déguisement, c'était bien moi. J'avais intérêt à trouver une idée brillante au plus vite.

3

De retour à la maison, je suis allée directement dans ma chambre. Allongée sur mon futon, j'ai fermé les yeux pour faire le tri des événements de la journée. Mais qu'est-ce que j'allais bien pouvoir faire pour ce spectacle ? Un truc avec Chloé serait bien… Mais quoi ? Elle fait du violon mais je ne suis pas musicienne. Quand je chante, on dirait qu'on égorge un rossignol… En attendant d'en parler à Chloé, je me suis levée pour aller voir les photos d'Ame.

J'ai poussé le panneau en papier de riz qui sépare le bureau de papa de la chambre de mes parents. Quand j'étais plus petite, je m'agenouillais près de la table basse pour regarder papa s'occuper du bonsaï. Il m'expliquait pourquoi il fallait tailler cette branche plutôt que l'autre. Son bonsaï a plus de cent cinquante ans. Mon arrière-grand-père l'a planté et lui a donné sa forme. Puis, il l'a confié à mon grand-père quand il est parti du Japon « *pour que la terre et l'âme de son pays restent toujours avec lui* ». On dirait une phrase sortie d'un film ! Et maintenant, Papa s'en occupe. C'est fascinant d'imaginer tout ce qu'a vu ce bonsaï… J'ai caressé tout doucement son écorce. Comme pour faire apparaître mon arrière-grand-père ou mamie Michiko ou papi Kazuto.

J'ai ouvert la boîte noire laquée avec les motifs de grues. À l'intérieur, papa garde toutes ses photos en vrac. Sur le dessus de la pile, il y avait surtout des images de moi petite, toute seule ou avec mes cousines Hitomi et Sakura. Sur l'une d'elles, mes cousines me chantaient la comptine *Teru-Teru-Bōzu.* En arrière-plan, on voit d'ailleurs la *Teru-Teru-Bōzu*, une poupée en tissu que nous avions suspendue près de la fenêtre pour chasser la pluie. Je me suis mise à chantonner l'air en continuant mes recherches.

Teru-Teru-Bōzu, Teru-Bōzu
Ashita tenki ni shite o-kure
Sore de mo kumotte naitetara
Sonata no kubi wo chon to kiru zo[1]

Chouette ! Une photo du mariage de papa et maman. Je les trouve tellement beaux dans leurs costumes traditionnels japonais ! Maman m'a raconté qu'au départ, elle voulait se marier sans tralala, mais elle a accepté de porter cette tenue pour faire plaisir à mamie Michiko.

1. Traduction : *Teru-Teru-Bōzu, Teru-Bōzu*/Fais que demain soit une journée ensoleillée/Car s'il fait nuageux et que tu pleures/ Je devrai te couper la tête.

Ma grand-mère lui a donné le kimono et le *obi*, la ceinture, qu'elle avait elle-même portés à son mariage. Maman les a toujours dans son armoire, rangés dans une boîte. Le kimono est blanc avec une surpiqûre dorée qui dessine des fleurs de chrysanthèmes. Ce que je préfère sur cette photo, c'est les cheveux tout bouclés de maman.

En fouillant un peu plus, j'ai trouvé quelques clichés d'Ame. C'est sûr que, côté cheveux, je n'ai aucun gène de maman : ils sont noir ébène et, même quand il pleut, ils n'ont pas un seul frisottis. Ça rend Chloé super jalouse ! Oui, c'est vrai, j'ai un petit air en commun avec ma tante, sauf les yeux ; ça, c'est maman ! Les miens ne sont pas bridés et, surtout, ils sont verts.

– Hanako, viens m'aider à mettre la table ! a crié maman.

J'ai rangé toutes les photos dans la boîte et je l'ai remise à sa place. J'allais sortir quand j'ai vu l'autre boîte. Celle que papa m'a dit de ne pas toucher. Je l'ai regardée du coin de l'œil en hésitant. Qu'est-ce que mes parents pouvaient bien cacher ? Je l'ai attrapée.

– Hanako, descends !

En sursautant, j'ai failli lâcher le coffret. D'accord, ma conscience n'était pas tout à fait tranquille !

– J'arrive, j'arrive ! Une seconde…

C'était une boîte en bois laqué noire avec une fleur rose nacrée incrustée au centre. J'ai fait un inventaire rapide. À l'intérieur, se trouvaient des documents rédigés en japonais, un petit tampon, un carnet, une vieille bague, un bout de tissu qui ressemblait un peu au kimono de mariage de maman et un second coffret en bois.

– Hanako ! a crié maman en commençant à monter l'escalier.

J'ai tout rangé avec précipitation. Il fallait absolument que je revienne fouiller. Je n'avais même pas eu le temps d'ouvrir la seconde boîte !

Maman a tiré la paroi coulissante du bureau.

– Hanako, viens m'aider tout de suite !

4

Maman avait préparé un poulet grillé, mon plat préféré ! Je dégustais une aile en écoutant papa nous parler d'un de ses reportages. Il est journaliste pour une radio locale. La plupart du temps, il présente les informations l'après-midi. J'adore quand Norbert, l'animateur (et le copain de papa), lance le journal en disant : « *Et tout de suite, les informations présentées par Akihito Komatsu…* » Je me sens super fière.

Au dessert, la discussion s'est gâtée quand mon père m'a lancé :

– Alors, tu as réfléchi pour l'ikebana, Hanako ?

J'ai regardé le fond de mon pot de yaourt comme si une solution miracle s'y trouvait. J'ai pris le temps de bien racler les bords et d'avaler. On ne parle pas la bouche pleine, pas vrai ? J'ai posé le pot par terre pour que Neko, mon chat, puisse le lécher. C'est son péché mignon avec le poulet. Il aime aussi la soupe, ce qui est très bizarre pour un chat !

– Papa… ai-je soupiré en traînant bien la voix, j'ai pas envie. C'est nul comme idée !

– Hanako, c'est une tradition dans la famille. Ta grand-mère Michiko a suivi des cours pendant plus de vingt ans. Ta tante Ame aussi, tes cousines…

– Ah oui, et si la tradition c'était de faire du lancer de couteaux, je serais obligée aussi ?

Papa a levé les yeux au ciel en marmonnant un truc incompréhensible en japonais. Ça m'a encore plus énervée. Maman nous regardait avec un petit sourire en coin. Ils m'exaspéraient tous les deux.

– Bon, Hanako, je ne vais pas y aller par quatre chemins. Je t'ai inscrite à l'ikebana hier, donc c'est réglé. J'espérais te convaincre, mais…

– Quoi ! Tu as fait quoi !!!!

Maman a placé un petit « *je t'avais prévenu* » à l'attention de papa en lui faisant un grand sourire.

– Écoute… La prof, Odette, a l'air adorable et très compétente. Elle a vécu plusieurs années au Japon où elle a fait sa formation.

Je ne l'écoutais qu'à moitié. Je le regardais droit dans les yeux en pensant : « *Je te déteste, je te déteste.* »

– Hanako, arrête de me faire ton œil de tueuse en série. Je te propose un marché : tu vas au cours pendant trois mois et si au bout de ce délai tu n'es pas convaincue, tu t'inscriras à l'activité de ton choix, y compris au cours de Doria.

– C'est Fahria, pas Doria, ai-je lancé sur le ton le plus glacial possible.

– Peu importe, Fahria, Doria... Où tu veux ! Tu commences jeudi à 17 heures.

Je me suis levée pour aller dans ma chambre.

– Et si tu nous aidais à débarrasser la table avant de partir bouder ? m'a dit maman en prenant une expression qui se voulait drôle.

Pitié ! Mais comment font les adultes pour trouver des phrases aussi pourries ! Ils les révisent le soir dans un petit carnet, pour être sûrs de placer la bonne le lendemain ?

5

Je me suis précipitée sur mon ordinateur pour discuter avec Chloé. Elle, elle comprendrait ! Et puis il fallait qu'on reparle de l'épisode Adam. Elle était déjà connectée sous son pseudo, MissBonbon ! Chloé, c'est juste la plus grosse mangeuse de bonbons que je connaisse… Et moi, c'est Witch parce que j'adore les histoires de sorcières.

[**MissBonbon**] Hana, t'es là ?

[**Witch**] Oui, oui ! J'ai plein de trucs à te raconter !

[**MissBonbon**] Comment ils se sont rencontrés, tes parents ?

[**Witch**] Pourquoi ?

[**MissBonbon**] Comme ça…

[**Witch**] Ma mère m'a dit qu'ils s'étaient rencontrés à l'expo de peinture d'un de ses profs de fac. Je crois que papa était un copain du prof… Du coup, ils se sont parlé et ils ont eu un genre de coup de foudre. Maman a dû partir super vite parce que le locataire en dessous de son appartement l'a appelée pour lui dire qu'il y avait une fuite d'eau.

[**MissBonbon**] Trop romantique !

[**Witch**] Aucun n'avait le numéro de l'autre…

[**MissBonbon**] Et alors ?

[**Witch**] Papa a fait un truc trop mignon. Il passait tous les jours en voiture devant les beaux-arts pour croiser maman « par hasard » !

[**MissBonbon**] Et ça a marché ?!!

[**Witch**] Bah oui ! Sinon, je serais pas là ! T'es bête ! Une fois, il pleuvait, maman a dit qu'elle ressemblait à un vieux caniche avec ses cheveux qui moutonnaient… et papa s'est arrêté en faisant semblant d'aller retirer des billets au distributeur… et donc de tomber sur elle par hasard. Il l'a raccompagnée chez elle et voilà !

[**MissBonbon**] Waaa ! Moi, je crois que mes parents vont divorcer…

[**Witch**] Pourquoi tu dis ça ?

[**MissBonbon**] Je les ai entendus se disputer et maman a dit : « Si ça continue, je pars avec Chloé et Yoann. »

[Witch] Ma pauvre, je suis sûre que ça va s'arranger… C'est peut-être juste une façon de parler !

[MissBonbon] Je ne sais pas, mais avec l'histoire d'Adam en plus, ça fait beaucoup ! Je pleure depuis une heure…

[Witch] Chloé, je suis désolée pour toi… Sauf que, pour Adam, c'est une bonne nouvelle ! Enfin, pas pour lui… mais pour toi. Au moins, il va arrêter de nous parler de Princesse B. Je suis sûre qu'il va vouloir sortir avec toi. Il n'y a juste pas encore pensé !

[MissBonbon] Tu crois qu'il faut que je lui demande ?

[Witch] Non, non… Pas tout de suite… Pour l'instant, il a le cœur brisé. Et pour le spectacle, tu vas faire quoi ?

[MissBonbon] Bah du violon, qu'est-ce que tu veux que je fasse d'autre ? Tu sais, je crois que je suis amoureuse d'Adam.

[Witch] Ça, t'avais pas besoin de me le dire ! Fais un truc avec moi pour le spectacle ! Dis oui, *please* !!!!

[MissBonbon] Mais t'as aucune idée ?

[**Witch**] Non, je vais finir en costume de tumeur ! Sauve-moi, Chloé ! En plus, mon père m'a inscrite de force à l'ikebana !

[**MissBonbon**] Ça va, ce n'est pas si horrible non plus, Hanako !

[**Witch**] Il me traite comme un bébé ! Si ça continue, il va choisir mes vêtements !

[**MissBonbon**] Il faut que je te laisse. Ma mère vient de me dire d'éteindre l'ordi et de me coucher ! À demain, tête de poulpe !

[**Witch**] À demain, poulette !

Mince ! Je n'ai pas eu le temps de lui parler de la boîte interdite ! À la réflexion, il n'était peut-être pas trop tard pour lancer une expédition. J'ai ouvert la porte de ma chambre et j'ai avancé à pas feutrés dans le couloir. J'entendais la télévision dans le salon. Au moment où je suis arrivée devant la chambre de mes parents, le plancher a craqué sous mes pieds, et instantanément maman a crié :

– Hanako, je t'entends ! Je ne sais pas ce que tu trafiques mais va te coucher !

– Je peux faire pipi, ou tu veux y aller à ma place ? !

chapitre 2

Hasami [n. m.] : Ciseaux japonais

1

Mon premier cours d'ikebana est vite arrivé. Papa m'avait préparé une trousse pour ce grand événement ! À l'intérieur, il avait mis une paire de ciseaux. Comme je n'avais pas l'air de saisir l'importance de l'objet, papa s'est lancé dans une de ses explications dont il raffole :

– Tu sais, Hanako, on dit que lorsqu'on a un *hasami*, c'est pour la vie, il devient le prolongement de ta main. Mamie Michiko reconnaît le sien les yeux fermés…

Sur le manche du *hasami*, il avait fait graver mon nom en japonais. Hanako veut dire « enfant fleur ». Les noms japonais ont souvent un sens : celui de papa, Akihito, signifie « homme de l'automne » et Michiko, « belle enfant sage ».

Si ce cours ne m'emballait pas, j'avais au moins le droit d'y aller à pied. Le collège était bordé de petites rues avec des maisons de ville. J'adore imaginer comment les gens vivent à l'intérieur, leurs métiers, leurs passe-temps. J'étais un peu perdue dans mes pensées lorsqu'on m'a touché l'épaule. J'ai sursauté en me retournant. Une planche de skate sous le bras, deux yeux ardoise plantés dans les miens et un petit sourire en biais. Il avait à peu près mon âge.

– Excuse-moi ! Je ne voulais pas te faire peur ! Je t'ai entendu dire devant le collège que tu allais au cours d'ikebana et je vais aussi à l'association franco-japonaise. On pourrait marcher ensemble puisqu'on va au même endroit…

Comme je ne répondais pas et que je devais le fixer avec un air de poulpe décérébré, il a rajouté :

– Non ? Tu t'appelles comment ?

– Si, si, heu… Hanako… et toi ?

Dans ma tête, une seule pensée tournait en boucle : « *Mais pourquoi il me parle ?* »

– Matthieu, mais tout le monde m'appelle Matt. T'aimes les mangas ?

– Pas trop. Tu me demandes ça parce que je suis à moitié japonaise ?

– Non, je savais pas que tu étais japonaise… C'était pour discuter.

On a continué à marcher un moment en silence. C'était gênant, je ne savais pas quoi dire, mais quand je l'ai entendu inspirer pour reprendre la parole, je me suis lancée. Quand on ne veut pas répondre, le mieux, c'est de poser les questions…

– Tu n'es pas au collège ? Je ne t'ai jamais vu.

– Non, c'est mon meilleur copain, Lucas, qui est en 3e ici et je suis passé lui rendre une BD.

– Ah, OK ! Et tu vas faire quoi, à l'association ? Tu ne fais pas de l'ikebana, si ?

Matt a rigolé :

– Non, c'est plus un truc de fille, l'ikebana.

– Et c'est un truc de garçon d'être macho ?

Il a pris un air indigné.

– Quoi ? Mais je suis pas du tout macho !

– Laisse tomber. De toute façon, on est arrivés.

J'ai poussé la porte d'entrée sans lui dire au revoir.

2

– Entre ! Tu dois être Hanako ? Je suis Odette. Tu es un peu en avance, les autres ne vont pas tarder. Suis-moi ; comme tu as raté les premiers cours, je vais t'expliquer quelques détails en attendant !

J'ai suivi cette drôle de femme avec son chignon gris et son visage marqué par des jolies rides, celles des personnes qui sourient tout le temps. D'un mouvement de la main, elle m'a montré la salle de cours. Des tables basses s'alignaient le long des murs. On aurait pu être dans une classe de maternelle. Un peu plus au fond, on apercevait un énorme bouquet dans un vase rond.

– Il te plaît ? Je l'ai réalisé ce matin avec des fleurs de mon jardin !

On est arrivées dans une pièce à l'écart, son bureau. Des tas d'objets encombraient les étagères, des vases, des pique-fleurs, des sécateurs, des petits bouts de bois mais aussi des livres, des théières, des boîtes… Il y flottait une odeur agréable, un mélange de cire d'abeille et de thé parfumé. Même si je n'avais pas très envie d'être là, il fallait bien reconnaître que cette Odette avait l'air sympa. Elle avait la tête de la gentille marraine dans les contes de fées.

– Tu veux un peu de thé, Hanako ?

– Oui, je veux bien, merci !

– C'est un thé vert *sencha*. J'ai vu ton papa la semaine dernière. Il m'a dit qu'il était japonais. Est-ce que tu parles japonais ?

– Oui… Enfin, je le comprends, mais d'après ma cousine Hitomi, je le parle avec un accent.

– Hum… Très bien. Ce sera pratique pour toi, car l'ikebana utilise beaucoup de vocabulaire japonais et il n'existe pas toujours une traduction en français.

– Bonjour, Odette ! a lancé une dame d'au moins quarante ans.

– Bonjour, Marion ! Je te présente Hanako, notre nouvelle élève. Tu peux sortir les fleurs de la réserve et les répartir sur les tables ?

Odette s'est retournée vers moi.

– Marion suit des cours depuis huit ans déjà.

– Mais… ce n'est pas un cours pour les ados ?

Elle m'a répondu avec un large sourire :

– Non, Hanako, l'âge n'a pas d'importance ici. Pour en revenir à notre discussion, as-tu déjà pratiqué l'ikebana ?

– Non. J'ai vu ma grand-mère en faire donc je connais un peu le principe de prendre des fleurs et de les piquer, mais c'est tout.

– Ne t'inquiète pas, tout le monde avance à son rythme. Suis-moi, nous allons te choisir un vase.

Elle s'est avancée vers une étagère en marmonnant, puis elle a attrapé un vase circulaire gris très peu profond.

– Je pense qu'il est bien pour une première fois, et la petite pointe d'or qu'il a s'assortira bien avec les fleurs d'aujourd'hui ! Il te plaît ?

– Oui, oui, je vais le prendre.

– Très bien ! Va chercher un pique-fleurs et installe-toi à une table. Et n'oublie pas de mettre de l'eau dans ton vase.

D'un pas hésitant, je me suis dirigée vers une des minitables et j'y ai déposé le vase. J'ai regardé autour de moi pour trouver les pique-fleurs. Ce sont des petits carrés ou ronds avec des clous, comme les planches des fakirs, sur lesquels on plante les fleurs pour qu'elles tiennent dans une certaine position. Il y avait maintenant une dizaine de personnes. Que des adultes… J'allais mourir d'ennui ! Pas moyen de me faire une copine. L'une de ces femmes m'a fait un signe pour me montrer où se trouvaient les pique-fleurs.

– Très bien, a débuté Odette, aujourd'hui nous allons faire un ikebana de style libre. J'ai choisi pour vous trois végétaux : des arums (les grandes fleurs blanches), des viornes (les petites boules crème) et des œillets du poète. Leur couleur pourpre est magnifique. Comme d'habitude, je vous laisse faire et je corrigerai après.

Chacun a commencé à trier ses fleurs et Odette s'est approchée de moi.

– Hanako, un ikebana ne se fait pas comme un bouquet occidental. On le regarde toujours en face. C'est comme ça qu'il doit être conçu. À la maison, on le place devant un mur. Alors que les bouquets occidentaux sont mis au centre des tables. Pense bien à ça. Il faut que tu mettes d'abord les arums, puis les autres végétaux les uns après les autres. Chacun leur tour, comme si tu faisais entrer des invités chez toi. Les plus importants d'abord et ensuite chaque famille l'une après l'autre. D'accord ? Je te laisse essayer.

– D'accord !

Ça ne doit pas être sorcier de composer un bouquet… Je ne vois pas trop l'intérêt de faire toute cette histoire pour trois fleurs dans un pot. J'ai discrètement jeté un coup d'œil à mes voisines. Elles n'avaient même pas commencé ! Elles étaient plantées devant leurs tiges comme si le bouquet allait se faire tout seul. En même temps, pour y passer une heure, c'est sûr qu'il vaut mieux traîner. Moi, j'allais me débarrasser de ça vite fait ! J'ai attrapé les arums, coupé un peu les tiges et je les ai piqués. J'ai enchaîné avec les œillets puis les derniers trucs blancs. Ouais, pas si mal ! Et le tout en dix minutes ! Odette est arrivée derrière moi.

– Tu as fini, Hanako ?

J'ai répondu fièrement par l'affirmative. J'étais beaucoup plus rapide que les autres !

– J'aime bien comment tu as positionné tes arums, mais ton ikebana manque de respiration. L'air ne circule pas et tu n'as pas enlevé les feuilles abîmées. Recommence.

Son sourire de bonne fée m'a empêchée de protester, mais je la voyais venir avec son côté vieux maître japonais qui vous fait refaire soixante mille fois le même mouvement jusqu'à ce qu'il soit parfait. Et la perfection, moi, c'est pas mon truc. Beaucoup trop long. Mais j'ai recommencé. J'ai dépiqué, repiqué, taillé, rerepiqué et redépiqué, et au final, je ne voyais pas trop la différence. Mon ikebana ressemblait à une mare à l'abandon et, même si c'est agaçant, je dois reconnaître que les bouquets de mes voisines étaient magnifiques.

Odette a corrigé, bougeant une tige ici, enlevant une fleur par-là, espaçant quelques végétaux. Là encore, je n'ai pu qu'admirer comment ses gestes faisaient toute la différence.

– Très bien ! Nous avons fini. Faites un petit croquis de votre ikebana et récupérez vos fleurs. Il y a du papier journal pour les emballer et les ramener chez vous.

Odette est revenue vers moi :

– Alors, Hanako, ce premier cours ?

– C'était... intéressant.

Un petit mensonge vaut mieux qu'une méchanceté, pas vrai ?

– Tu n'as pas l'air convaincue. Ton papa m'a dit que tu aurais préféré faire de la danse. J'aimerais beaucoup te transmettre ma passion. Tu veux bien revenir la semaine prochaine ? Pour me faire plaisir ?

Encore le coup du sourire ! Ça devenait déloyal !

– D'accord, je reviendrai. Mais sans vouloir vous vexer, c'est vrai que je ne comprends pas trop l'intérêt de passer une heure à faire un bouquet.

– Je sais bien, Hanako. Tu as pourtant un si joli prénom pour faire de l'ikebana. Peut-être que ça viendra ? Ton papa t'attend.

Elle a fait un petit signe pour m'inviter à regarder derrière moi.

Oh, lui, par contre, je n'allais pas lui faire de cadeau !

3

Papa m'a lancé un : « *Alors, c'était bien ?* » pendant que je montais dans la voiture. Je n'ai pas répondu, bien sûr. Il n'allait pas s'en tirer si facilement. Ça faisait déjà une semaine que je ne lui parlais plus. Plus d'une fois, j'avais failli être sympa sans le faire exprès. En guise de trêve, il m'avait proposé de m'emmener voir *Witch 2 : Le Rassemblement* au cinéma. Mais je ne me suis pas laissé acheter. Pourtant, j'allais bien être obligée de baisser la garde un jour. Mais pas encore. Il fallait qu'il s'en souvienne…

– Hanako, tu vas me faire la tête encore longtemps ?…

– Oui.

– Oh, mais tu parles ! Ce serait bien qu'on passe à autre chose. Moi, ça me manque de ne plus savoir ce que complote Princesse B !

– T'avais qu'à réfléchir avant !

– On fait comment alors ? Tu ne veux pas y retourner ?

Soudain, papa a pilé. J'ai à peine eu le temps de voir passer un garçon sur une planche de skate devant les phares.

– J'y crois pas, t'as failli écraser Matt ! ai-je crié d'une voix stridente.

– Tu le connais ?

– Heu non, enfin oui, il va à l'association lui aussi.

– Eh bien tu lui diras de faire attention !

Matt m'a adressé un signe de la main.

– Bon, et pour le cours d'ikebana, alors ?

– Alors, j'ai promis à la prof de revenir au moins une fois et ce sera tout.

Mince, j'avais encore oublié que je ne lui parlais plus. La faute à Matt ! Il m'a perturbée avec son petit signe de la main.

– On a dit trois mois, Hanako… Ensuite, tu feras ce que tu veux.

– TU as décidé trois mois. Tu me répètes en boucle que je dois gagner en maturité, eh bien voilà, je prends des décisions !

– Très bien, on verra la semaine prochaine alors ! Mademoiselle l'adulte… Mais tu sais, les adultes, personne ne leur fait à manger, personne ne paye à leur place un téléphone ou un ordinateur… ni la dernière paire de Geers.

– Et personne ne vient leur expliquer comment ils doivent vivre !

– En es-tu sûre ?

Il a pris un air inquiet en disant ça. Une ride s'est formée entre ses deux sourcils. Soudain, je me suis sentie bête avec ma crise de nerfs pour un cours d'ikebana. J'ai tendu la main vers le levier de vitesse. Ses doigts étaient crispés autour du pommeau. À mon contact, il s'est détendu et son esprit est revenu au moment présent.

J'ai pris ma voix la plus douce :

– Ça va, *chichi*? Je suis désolée de m'être énervée pour cette histoire. C'est pas si grave. J'irai au cours pendant trois mois, et après on verra, comme tu dis.

Il a émis un petit « *hum hum* ».

– *Chichi*, t'es sûr que ça va ?

Il m'a jeté un rapide coup d'œil.

– Oui, mon écureuil ! Tout va bien. J'ai eu une grosse journée, c'est tout, et j'aime pas quand tu me fais la tête. C'est dur pour moi, tu sais. Les adultes aussi ont un cœur. Et je suis désolé pour l'ikebana, je n'aurais pas dû te forcer. J'apprécie beaucoup que tu fasses cet effort. Parlons d'autres choses… Norbert dîne avec nous ce soir. Il a une surprise pour toi. Je crois que tu vas être contente !

4

Une fois à la maison, *chichi* est monté dans son bureau poser ses affaires pendant que je sautais dans les bras de Norbert. C'est le copain de mes parents que je préfère. Il ne dit jamais des trucs débiles comme : « *Oh, mais dis donc, t'as de la poitrine maintenant ?* » ou : « *Alors, Hanako, ça va les amours ?* » Quand j'étais petite, il m'apportait souvent une surprise le jour de mon anniversaire. Il a une grosse tête de nounours avec sa barbe et ses cheveux poivre et sel… et les poils qui lui sortent des oreilles.

– Ah, ah ! Hanako, ma grande ! Comment tu vas ?

– Eh, tu m'étouffes, Norbert !

– Ah, pardon.

Il a fait une tête étonnée d'un coup, mais j'ai tout de suite compris son expression : « *J'ai une surprise.* »

– Tiens, mais qu'est-ce que j'ai trouvé dans ton dos ? Deux bouts de papier ?

Il a levé son bras le plus haut possible pour que je ne puisse pas lire les coupons qu'il tenait.

– C'est quoi ? C'est quoi, Norbert ?!

J'étais si excitée que je sautais pour les attraper comme quand j'avais cinq ans. Maman a rigolé en nous voyant arriver.

– Tu respires encore, Norbert ? Va chercher ton père, Hanako, que tout le monde soit là pour la surprise, m'a demandé maman.

J'ai foncé dans son bureau. Je me suis arrêtée net en le voyant avec la boîte interdite dans les mains. Il avait l'air très contrarié. En m'apercevant, il a vite remis plein de papiers dedans.

– Ah, Hanako, qu'est-ce que tu fais là ?

Toute mon excitation est retombée d'un coup.

– Maman m'a dit de venir te chercher. Qu'est-ce qu'il y a dans cette boîte ?

– Rien qui te concerne. Juste de vieux papiers de mamie Michiko. J'arrive tout de suite, tu peux descendre.

– Mais pourquoi je n'ai pas le droit de savoir ? Tu dis toujours qu'il n'y a pas de secrets dans une famille.

– Ce n'est pas un secret, Hanako, ce ne sont que des vieux papiers administratifs sans intérêt... Tu veux voir ?

Il a repris la boîte sur l'étagère pour l'ouvrir et me montrer son contenu.

– Tu vois ? Que des vieux papiers en japonais... Allez, va tenir compagnie à Norbert maintenant. J'arrive tout de suite.

Quand papa est descendu, cinq minutes plus tard, on choisissait des pizzas à commander.

– Alors, cette surprise ? a demandé papa.

– On t'attendait ! Hanako, dis moi-ce que tu lis sur ces billets, m'a interrogé Norbert.

Je les ai à moitié arrachés de ses mains. Ils étaient roses avec une petite bande argentée. Mais j'ai tout de suite reconnu le logo avec un oiseau noir. C'étaient des billets pour aller au concert des Black Phoenix ! Complet depuis des mois ! Princesse B et les duchesses allaient être dégoûtées.

– C'est pour moi ?

– Bah oui, ma grande ! Pour toi et la copine de ton choix. C'est moi qui vous emmène. Tes parents ont déjà dit oui ! Et regarde sur le côté du billet...

Le concert était dans dix jours à 20 h 30.

– C'est écrit « *backstage* » ? Ça veut dire quoi ?

Norbert m'a fait un clin d'œil.

– Ça veut dire que tu auras accès aux coulisses et que tu pourras aller dans les loges !

Comment décrire l'état dans lequel j'étais sans perdre ma dignité ? J'ai sauté à peu près partout dans la maison en criant : « *Les Black Phoenix* ! » puis je me suis jetée sur Norbert.

– Merci, merci Norbert ! Je t'adore, t'es trop sympa !

5

Une fois dans ma chambre, impossible de dormir. J'étais excitée à l'idée d'aller au concert, mais pas seulement. Je repensais aussi à Matt… Pfff… ce petit signe de main, n'importe quoi ! Mais ce qui tournait en boucle dans ma tête, c'était la boîte : je parierais qu'il n'y avait pas que des papiers administratifs à l'intérieur. Autant en avoir le cœur net. Comme Norbert occupait mes parents, j'allais pouvoir me glisser dans le bureau en toute tranquillité !

L'opération « boîte interdite » était lancée ! Mon pyjama avec son imprimé « chatons » n'était peut-être pas la tenue de camouflage idéale, mais mon exceptionnel don de marche silencieuse ferait la différence… ou pas… saleté de plancher qui grince ! J'ai tendu l'oreille. RAS. Tout le monde discutait en bas. Encore quelques pas. « *Ouvrez la boîte, agent Hanako, et faites attention qu'elle ne soit pas piégée !* » Ouverture du couvercle, OK ! « *C'est bon, mon général, la boîte est sécurisée !* »

OK, voyons ce qu'il y a à l'intérieur… Sauf que je n'ai pas de lampe de poche et qu'il fait tout noir ! J'étais l'agent secret le plus nul du monde ! Allumer était trop risqué. Mieux valait emporter la boîte dans ma chambre pour la ramener ensuite. *« Bien joué, agent Hanako, exfiltrons la boîte ! »*

Une fois dans ma chambre, je me suis allongée sur le tapis à côté de mon lit et j'ai approché la lampe de chevet pour empêcher la lumière de passer sous la porte. Il fallait que je me dépêche avant le départ de Norbert.

J'ai d'abord examiné le petit carnet. Sa couverture jaunie me semblait pleine de promesses. Je parle et je comprends plutôt bien le japonais, mais je n'ai jamais appris à lire les *kanji* (les idéogrammes). Je reconnais les plus courants et je suis capable d'en décrypter certains comme une enfant de maternelle. Papa a souvent insisté pour que je m'exerce, mais je ne fais jamais l'effort. Là, j'ai bien regretté. Sur la première page, j'ai reconnu les *kanji* qui composent le nom de ma grand-mère Michiko et son adresse. Contre la couverture, un article avait été collé. Il y avait plein de chiffres et j'en ai rapidement déduit qu'il s'agissait de numéros de téléphone. En me concentrant, j'ai reconnu les mots « poste » et « hôpital ». Une liste de numéros pratiques ! Aucun intérêt ! J'ai feuilleté les pages suivantes et ce carnet se révélait très décevant. Ce n'était qu'un répertoire et la moitié des gens à l'intérieur ne devaient même plus vivre à l'endroit indiqué. Les papiers qui traînaient en vrac n'étaient pas plus intéressants. Mamie avait conservé tout un tas de vieilles factures. Pourtant, j'étais sûre qu'il y avait autre chose dans cette boîte, autre chose qui était encore d'actualité et j'allais mettre la main dessus.

J'ai saisi le tampon en bois. Son manche présentait quelques craquelures et la partie sculptée était teintée d'un rouge sombre. Impossible de reconnaître le symbole gravé… Ce devait être un sceau administratif ou peut-être un tampon utilisé pour signer les peintures. Mon grand-père réalisait des estampes, c'était donc le plus probable. Le bout de tissu provenait très certainement d'un kimono, puisque l'imprimé ressemblait beaucoup à celui du kimono de mariage de maman. Il s'agissait d'un motif à fleurs roses, un peu comme celle sur le couvercle de la boîte. Ma grand-mère et ma tante adorent ce type d'imprimé. Mais pourquoi garder ce vieux morceau de tissu ?

La bague, elle, m'a tout de suite fascinée. L'anneau qui semblait être en or était surmonté d'une plaque noire présentant un léger relief semblable à une trame de tissu, sauf qu'on voyait bien que c'était du métal. Un cheval était finement ciselé sur cette base sombre. On distinguait sa robe et ses yeux bordés d'or paraissaient emplis de tristesse. Sur son dos, un cavalier se dressait de manière menaçante. Il portait une tenue de samouraï et brandissait un sabre. Son visage ressemblait plus à celui d'un démon qu'à celui d'un homme et sa tête était surmontée de cornes, un peu comme les bois d'un cerf. S'agissait-il d'un personnage célèbre de l'histoire du Japon ou d'une légende ? Après avoir examiné la bague pendant un long moment, je l'ai remise au fond de la boîte.

Restait le coffret à l'intérieur de la boîte. Celui-ci était composé de morceaux de bois qui formaient un motif géométrique. Comme je n'avais rien trouvé, j'étais persuadée que cette boîte-ci serait la clé de l'énigme. Je l'ai attrapée par son couvercle et j'ai tiré dessus, mais elle ne s'est pas ouverte. Je me suis penchée pour l'examiner de plus près, quand un bruit dans la maison a attiré mon attention. Norbert était en train de partir ! Alerte rouge ! Je me suis dépêchée de refermer la boîte, j'ai éteint la lumière et je me suis précipitée vers la porte de ma chambre. J'ai entendu des pas sur le palier du premier étage et maman dire : « *C'est toi, Hanako ? Tu ne dors pas ?* » J'ai quasiment jeté la boîte dans mon placard et j'ai failli me prendre la porte dans la figure quand maman l'a ouverte pour regarder si je dormais. On a toutes les deux poussé un petit cri !

– Ça va, là-haut ? a demandé papa.

– Tu m'as fait super peur, maman ! J'allais boire…

Mon cœur battait à deux cents à l'heure parce que je savais maintenant que je ne pourrais pas remettre la boîte ce soir, et si papa s'en rendait compte, j'allais avoir de sérieux problèmes, comme disent les adultes.

Je n'ai pas fermé l'œil de la nuit ou presque. J'ai fait un cauchemar où je me trouvais sur une pirogue en train de pagayer sur un ruisseau. Une vieille femme était embarquée avec moi et elle tenait dans sa main la boîte de papa. Son visage s'est déformé et elle s'est mise à hurler : « *C'est ton âme, Hanako ! Ton âme !* » Je me suis réveillée brusquement, toute en sueur. 6 h 40. J'ai décidé d'aller prendre ma douche. Sous cette cascade d'eau brûlante, j'ai réfléchi en vain à une explication… Papa m'avait montré le soir même la boîte en m'interdisant de la prendre. Le mieux serait sans doute d'avouer et de m'excuser. Ce serait faire preuve de maturité. J'allais rendre la boîte. Je me ferais sûrement engueuler, mais moins que s'il s'en rendait compte tout seul. En sortant de la salle de bains, j'ai entendu la radio dans la cuisine et des bruits de vaisselle. Je suis descendue. Maman était en train de faire chauffer du lait pour le petit déjeuner. Je tremblais comme une feuille à l'idée qu'ils aient déjà découvert la disparition de la boîte...

– Papa n'est pas levé ?

– Ah ! Viens me faire un bisou, mon chaton ! Si, il est parti très tôt ce matin pour un reportage.

Quelle chance ! C'était l'occasion inespérée de remettre la boîte à sa place !

– Je vais m'habiller, maman ! lui ai-je lancé après l'avoir embrassée. J'arrive pour le petit dej'! Tu peux me faire des tartines, steup'?

Dans ma chambre, j'ai rapidement enfilé un jean, un T-shirt et mon pull marinière. Pour finir, j'ai attrapé la boîte dans mon placard et, en essayant de ne pas faire trop de bruit, je suis allée la remettre en place.

Au dernier moment, j'ai repris le coffret en bois que je n'avais pas réussi à ouvrir. Le couvercle était parfaitement scellé. J'ai examiné les côtés, il n'y avait pas la moindre serrure. J'ai essayé de pousser les parois dans un sens et dans l'autre pour les faire coulisser. Impossible ! Neko est venu se frotter dans mes jambes. Comme je ne faisais pas attention à lui, il s'est mis à faire des huit entre mes pieds puis à me mordiller les orteils.

– Arrête, le chat, ça fait mal.

Toute mon attention était absorbée par la boîte, l'injure suprême pour Neko qui est persuadé d'être le centre du monde. Il a donc commencé à miauler, méthodiquement, toutes les trois secondes pour que je le prenne dans mes bras.

– Chut ! Je vais me faire choper à cause de toi !

Mieux valait lever le camp avec ce GPS sur pattes qui me localisait dans la maison mieux qu'un satellite du FBI !

chapitre 3

Kiku [n. m.] : Fleurs de chrysanthèmes

1

Je n'arrêtais pas de penser à la boîte. Impossible de garder ça pour moi.

– Je crois que mes parents me cachent un truc… ai-je fini par lâcher à Chloé et Adam. Je sais pas quoi… mais il y a une boîte dans une boîte que je n'ai pas le droit de voir.

– Et…

– J'ai fouillé la première boîte. On va l'appeler la boîte noire pour que vous suiviez. Donc, je n'ai rien trouvé dans la boîte noire à part de vieux objets et un carnet d'adresses. Et dans cette boîte, il y avait une autre boîte. Un coffret en bois. Mais je n'ai pas pu l'ouvrir. Je suis sûre qu'il y a un truc important à l'intérieur.

Adam semblait très intéressé par mon histoire.

– À quoi il ressemble ce coffret ?

– Il est en bois, mais c'est pas la question, Adam ! La question, c'est ce qu'il y a dedans !!!

Chloé n'avait pas dit un mot. Un élève l'a bousculée et elle m'est tombée dessus. Dans un magnifique effet domino, mon sac s'est envolé pour atterrir dans une flaque un peu plus loin. Applaudissements. Ricanements… et la sonnerie de la fin de la récré ! Un garçon d'une autre classe a ramassé mon sac et me l'a tendu :

– Tiens, tes affaires, Hanako !

– Comment tu connais mon nom ?

Il m'a adressé un clin d'œil et s'est éloigné sans répondre. Ma besace était trempée.

– Chloé, tu peux dire à la prof de physique que j'arrive, le temps de me nettoyer ?

– OK mais n'oublie pas qu'il y a le contrôle ! Traîne pas ! Tu le connais, ce type ?

– Bah non… C'est un 3e !

Chloé a imité des petits bisous en tendant les lèvres pour se moquer de moi.

– T'es mal placée pour te moquer… et puis ne te fais pas de films, je le connais pas.

Je me suis dirigée vers les toilettes des filles en tenant mon sac du bout des doigts pour qu'il ne me dégouline pas dessus. En entrant, j'ai entendu quelqu'un pleurer. Je n'étais pas seule, contrairement à ce que je pensais.

– Y a quelqu'un ? Ça va ?

À travers un sanglot, la fille m'a répondu :

– Fiche-moi la paix, dégage !

J'ai récupéré mon sac par terre et j'allais sortir quand j'ai tilté :

– C'est toi, Bérénice ?

C'était bien ma chance de me retrouver seule avec Princesse B en larmes ! Je n'ai pas pu me retenir de lui lancer une pique :

– Tu t'es cassé un ongle ?

La scène qui a suivi s'est déroulée comme dans un film. Bérénice a ouvert la porte, puis s'est jetée sur moi pour me plaquer contre le mur. Visage écarlate, traits contractés par la colère, lèvres retroussées, visage inondé de larmes : c'était pas joli, joli !

– Tu crois quoi, espèce de sale peste ! Pauvre débile ! Je vais te faire la peau !

Elle a commencé à me tirer les cheveux, je tentais de la repousser. La boxe me serait plus utile que l'ikebana pour survivre au collège !

– Mais t'es folle ! Arrête ! Qu'est-ce qu'il t'arrive ?

De toutes les réactions que j'avais envisagées, je n'avais pas du tout prévu celle-là : Bérénice s'est laissée tomber à genoux et a recommencé à pleurer à gros sanglots. Elle m'a fait un peu de la peine.

– C'est… mon… père le problème, hoqueta Bérénice. Il m'a dit que j'avais rien pour me faire remarquer, que j'étais bête.

– T'es la plus belle fille du collège ! Tu le sais en plus, tu ne manques pas de le faire remarquer à tout le monde…

– Justement… c'est ce que dit toujours mon père… que c'est tout ce que j'ai… mais moi je voudrais être pédiatre. Quand je lui ai dit ce matin… il m'a répondu : « *Sois réaliste, vu ce que t'as dans la tête.* »

Nouvelle crise de larmes.

– Mais, Bérénice, tu as des bonnes notes… Allez viens, on va faire le contrôle de physique.

Elle m'a regardée fixement puis a pris une grande inspiration. Elle a essuyé ses yeux, s'est redressée devant le miroir, a sorti une petite brosse et un gloss de son sac et s'est retransformée en princesse.

– On n'est pas copines pour autant, m'a-t-elle lancé en sortant des toilettes.

– Je sais, Princesse B.

2

Nous étions de nouveau jeudi. Le jour de l'ikebana. Les soirées s'étaient succédé sans que j'arrive à retourner dans le bureau discrètement. Papa y passait de plus en plus de temps. De mon côté, j'avais réfléchi : pourquoi m'interdire d'ouvrir la boîte si ce qui était à l'intérieur ne me concernait pas ? Il y avait un secret. Un secret qui stressait papa et un secret qui me concernait… Je me suis figée un instant, comme glacée de l'intérieur. J'ai eu l'impression qu'on m'écrasait la poitrine pour faire sortir tout l'air de mes poumons. Et si ce secret était SUR moi…

Chloé m'a mis un coup de coude.

– Hana, t'es toute pâle ! Ça va ?

J'étais partie si loin du cours de français…

– Chloé, Hanako ? Il se passe quelque chose ? Vous avez un problème ? Tu veux aller à l'infirmerie, Hanako ? Tu n'as pas l'air bien…

– Non, ça va aller, monsieur Etcheveste…

La sensation ne partait pas, je me sentais complètement pétrifiée par l'évidence. Le secret était sur moi.

– Allez prendre l'air deux minutes avec Chloé et vous revenez finir votre exercice. Restez près de la porte pour que je puisse vous voir.

Tout le monde nous a regardées sortir… Une fois la porte fermée, j'ai confié à Chloé mes soupçons.

– Tu te prends trop la tête, a-t-elle conclu. Les parents sont comme ça, ils trouvent toujours qu'on est trop jeunes pour comprendre. Ou alors qu'on va tout casser comme si on avait deux ans. Ma mère ne veut pas que je touche son coffre à bijoux. Qu'est-ce qu'elle croit ? Que je vais les distribuer au collège ? Jouer aux billes avec ses perles ? À coup sûr, c'est pareil pour ton histoire de boîte.

Le poids sur mes épaules s'est envolé d'un coup.

– T'as raison… Si ça se trouve, c'est juste à cause de la jolie bague. Elle doit valoir pas mal d'argent. À mon avis, elle est assez ancienne. Mais quand même… J'arrive pas à ouvrir le coffret.

– Arrête, il doit juste être bloqué… Ça doit être un truc nul à l'intérieur. Genre un nécessaire de couture. T'imagines ta tête quand tu vas le voir ! *The big secret* d'Hanako : une boîte à couture !

J'ai rigolé et nous sommes retournées en cours.

Juste avant la sonnerie, M. Etcheveste nous a demandé de ranger nos affaires et de l'écouter.

– Je vous rappelle que vous devez réfléchir à vos présentations pour le spectacle de fin d'année. Il faudra me dire votre choix avant Noël. M. Beuredy, votre professeur de musique, a proposé d'organiser une chorale, donc si vous n'avez pas d'idées, vous pouvez choisir entre la pièce de théâtre ou le chant.

Magnifique… Me déguiser en tumeur ou chanter comme une casserole, mon cœur balançait ! Chloé avait décidé de jouer du violon, comme prévu. Quant à Adam, il s'était inscrit pour la pièce. J'aurais bien aimé être comme lui et ne pas avoir peur de me taper la honte.

3

Sur le chemin du cours d'ikebana, mes pensées divaguaient. Je m'attendais à croiser Matt mais il ne s'est pas montré… Tant mieux ! Je n'avais pas besoin de rajouter ce garçon à mes problèmes. Le cerveau humain est mal fait, quand même. Je m'en fichait de Matt, pourtant je n'arrêtais pas de repenser à la conversation de la semaine précédente et au petit signe qu'il m'avait fait. L'image de son visage devenait floue. Comment était ses yeux ? Gris peut-être ? Ses cheveux mi-longs, un peu en bataille, tombaient sur son front. En repensant à son sourire, j'ai senti un léger fourmillement dans ma poitrine. N'importe quoi, Hanako, tu ne vas pas tomber amoureuse ! Oh, mon Dieu ! Non, je n'ai pas pensé que je pouvais tomber amoureuse de Matt… Non, non, non… Allez ! On se concentre sur l'ikebana et ça va passer…

Odette arpentait la salle en posant un œil bienveillant sur les créations des unes et des autres.

– Je vous rappelle que l'air doit circuler dans vos bouquets ; chaque fleur a sa place… Vous ne mettriez pas vos invités sur la même chaise à la maison, alors laissez respirer ces fleurs !

Moi, je n'avais pas de problème de respiration dans mon vase parce que je n'arrivais pas à planter cette cochonnerie de crotte de branche de noisetier sur le pique-fleurs. J'appuyais de plus en plus fort tout en tenant tant bien que mal le vase avec mon coude. Tout ça allait mal se finir !

– Tu veux un coup de main ? m'a demandé Marion, la femme à côté de moi.

– Je ne peux pas la planter.

Odette s'est rapprochée de moi…

– C'est original, Hanako, d'arriver à faire des vagues dans un vase d'ikebana !

Elle a eu un petit rire amusé en plissant les yeux :

– Je dis toujours que l'ikebana est le reflet de celui qui le fait et de ses émotions ! Y aurait-il un avis de tempête dans ta tête ? Voyons ça… Il faut la traiter avec amour, cette branche. Tu voulais la mettre de côté ?

– Hum, hum…

– Et si tu essayais de couper son extrémité en forme de biseau, comme ça ?

À l'aide de son *hasami*, elle a donné une forme un peu pointue au bout de la branche que j'ai installée penchée à gauche. Ça faisait joli avec les chatons qui tombaient. On aurait dit des chenilles.

– Je vous ai choisi ces superbes chrysanthèmes, aujourd'hui, a lancé Odette à toutes les participantes. La saison est un peu passée, mais ceux-ci avaient belle allure. Connaissez-vous leur nom en japonais ?

– *Kiku* !

– Oui, Hanako… Tout à fait ! Sais-tu que c'est un emblème important du Japon ?

Tout le groupe me fixait avec attention.

– Heu… non. Il y en a souvent sur les kimonos…

– C'est le symbole de la maison impériale. J'espère donc que vous allez me faire des bouquets impériaux.

J'ai continué à installer mes fleurs dans le vase ; ça rendait plutôt pas mal… J'ai poussé un des chrysanthèmes plus à droite. Oui, j'étais assez contente de moi. Il restait une vingtaine de minutes avant la fin du cours. Et si Matt était là, comme la dernière fois ?

– Tu as fini ?

– Oui, madame Odette.

– Odette tout court, a-t-elle rétorqué avec un clin d'œil. Qu'est-ce qui te plaît dans ton bouquet ?

– J'aime bien la branche qui part à gauche.

– Oui, c'est intéressant comme mouvement. Et est-ce qu'il y a quelque chose qui te gêne ?

Je devinais que la bonne réponse était : « *Ça manque d'air.* »

– Ça manque d'air ?

– Non…

– Les végétaux sont tous à la même hauteur ?

– Non…

– C'est moche ?

Odette a éclaté de rire.

– Non plus, Hanako ! Par contre, regarde… Tu as mis toutes les fleurs sur le même plan. Elles sont alignées, il n'y a pas de profondeur, alors que si tu en mets là, hop ! Ton bouquet paraît plus équilibré.

Comme la semaine passée, elle a soigneusement corrigé chaque bouquet. Cette fois, j'avais apporté un carnet pour dessiner le mien afin de me souvenir des positions des fleurs pour le refaire à la maison. Marion avait apporté des crayons de couleur diluables pour aquarelle. Moi, j'avais juste un stylo bille. Les autres commençaient à partir mais Odette est revenue me voir.

– Alors, Hanako, ce deuxième cours ?

– Oh, vous inquiétez pas, je vais rester au moins jusqu'en mars. Je l'ai promis à mon père…

– Ce n'est pas la question que je t'ai posée.

Elle me regardait avec beaucoup de gentillesse. J'aurais bien aimé l'avoir comme grand-tante ou un truc comme ça. Je suis sûre qu'elle garde bien les secrets.

– C'est joli, ces bouquets, mais je suis pas sûre que ce soit pour moi.

– Tu te débrouilles bien, tu sais !

Le spectacle de fin d'année m'est revenu à l'esprit.

– Vous croyez que je pourrais en faire un pour un spectacle… Je veux dire, est-ce que je pourrais en faire un spectaculaire ?

– Pourquoi pas ? À quelle occasion ?

– Oh… on a un spectacle de fin d'année au collège et chaque élève doit présenter quelque chose. Je ne sais pas quoi faire. Mais un bouquet… je crois que les autres vont se moquer. Ça fait un peu cucu, sans vouloir vous vexer, madame Odette.

– Odette tout court… Si tu veux, je peux t'aider à en faire un qui soit original ? On le répéterait ensemble pour que tu sois rapide et prête pour le grand jour.

J'aurais préféré faire un truc qui en mette plein la vue. Une chorégraphie où tout le monde se lève à la fin pour applaudir. Une démonstration de boxe qui fiche la trouille. Mais un bouquet…

– D'accord…

– Je vais en parler avec ton père pour que tu puisses rester vingt minutes après chaque cours. Ça t'irait ?

– OK.

La semaine dernière, je voulais arrêter l'ikebana, et là, je venais de signer pour une prolongation. Cherchez l'erreur.

4

– Cet été, je pense qu'on ira voir tes grands-parents au Japon, m'a glissé mon père sur le chemin du retour.

– Et on verra Hitomi, Sakura et Ame aussi ?

– Oui, je pense !

– Chouette ! Tu me laisseras aller faire les magasins dans Harajuku avec Hitomi ?

– Oui, pourquoi pas…

Harajuku est le quartier le plus génial de Tokyo. On y est allés avec mes cousines et mes parents il y a un an et demi. Pour voir les looks les plus incroyables du Japon, c'est là qu'il faut se promener ! Jamais je n'oserais m'habiller comme ça mais je les trouve hyper belles, toutes ces filles avec des robes rose flashy, des tutus et les cheveux violets ou arc-en-ciel. On dirait de gros bonbons. D'ailleurs, en général, elles ont des bijoux et des barrettes en forme de sucreries.

Au milieu de toutes ces couleurs, de toute cette agitation, se trouve un temple cerné par un immense jardin planté de milliers d'iris. C'est marrant parce que c'est le prénom de maman, Iris. Quand on va au Japon, papa emmène souvent mamie et papi dans ce sanctuaire. C'est là qu'ils se sont mariés. Pour l'occasion, mamie Michiko met toujours un kimono spécial. Il est tout gris et assez banal alors que d'habitude elle ne porte que des kimonos colorés avec des fleurs ou des grues. Papi Kazuto va déposer une petite offrande et fait sonner la cloche pour rendre hommage à l'empereur et l'impératrice auxquels le temple est dédié. Il paraît que leurs âmes vivent dans le jardin… Quand j'étais petite, ça me faisait un peu peur, surtout quand il y avait du vent : je m'imaginais que c'était leurs âmes qui caressaient mes joues. Maintenant, je n'y crois plus trop, à ces histoires d'âmes…

– Papa, pourquoi on vit en France ? Je sais bien que tu es resté ici pour finir tes études quand papi et mamie sont retournés au Japon et qu'après tu as rencontré maman… mais pourquoi papi et mamie ont-ils décidé de venir s'installer en France quand ils étaient jeunes ?

– Heu… C'est une bonne question…

Je le regardais fixement mais il continuait à conduire sans rien dire.

– Et la réponse, c'est… ?

Il a tourné la tête vers moi avec un air hébété.

– Oui, la réponse… Eh bien, ce n'est pas très clair, même pour moi. Tes grands-parents ont plus ou moins été obligés de quitter le Japon en 1959.

– Ah bon ? Pourquoi ?

– Ton grand-père et ta grand-mère gênaient le gouvernement, en fait.

– Oh… Ils ont fait quoi ? Des manifs ?

– On peut dire ça comme ça… Écoute, Hanako, c'est compliqué, tout ça. On en reparlera quand tu seras plus grande, d'accord ?

– Mais j'ai pas deux ans… Je peux comprendre !

Cette excuse de l'âge m'exaspère. C'est l'arme absolue des adultes quand ils ne veulent pas nous expliquer quelque chose.

– *Chichi*…

– Y a pas de *chichi* qui tienne, Hanako. Je n'ai pas envie d'en parler.

– Mais c'est mon histoire aussi… Tu dis toujours que je dois m'intéresser à mes racines…

– Tes grands-parents ont aussi droit à leur jardin secret, Hanako. C'est leur histoire. S'ils ont envie de te dire précisément ce qui s'est passé, ils le feront.

On était arrivés à la maison. Papa est sorti de la voiture et s'est dirigé à pas rapides vers la maison. Je lui courais derrière.

– Mais c'était pas quelque chose de mal ?

Il a fait volte-face et j'ai failli lui rentrer dedans. Il m'a pris dans ses bras et m'a serrée fort contre lui.

– Non, Hanako… Ils n'ont rien fait de mal. Bien sûr que non.

5

Le soir du concert, Chloé et moi trépignions devant la porte d'entrée en attendant Norbert qui devait nous y emmener en voiture. Maman nous avait inspectées en détail pour vérifier que nous ne nous étions pas maquillées.

Quand nous sommes arrivés, il y avait déjà la queue alors que le concert ne commençait qu'une heure plus tard. Devant les grilles, des gardes en costumes avec des oreillettes filtraient les entrées et fouillaient les sacs. Norbert nous a fait signe de le suivre et nous avons remonté toute la file. Je n'étais pas super à l'aise, les gens nous regardaient de travers parce qu'on les doublait. Norbert a échangé quelques mots avec le type baraqué qui gardait la porte. Le videur a appelé avec son talkie-walkie. Cinq minutes plus tard, une fille est arrivée et a fait la bise à Norbert :

– Ça, c'est vos pass VIP pour pouvoir aller dans les loges et en coulisses. Je me sauve, on est en train de faire les dernières balances ! Ils t'attendent pour l'interview, vas-y directement !

Et elle est partie en courant.

– C'est quoi, les balances, Norbert ?

– C'est les réglages du son de chaque instrument, du micro voix, de la réverbération, etc. Vous venez ? Je dois me dépêcher de faire mon interview pendant qu'ils sont disponibles !

Après nous être faufilés dans la salle, nous avons atteint la loge. Les Black Phoenix étaient là tous les cinq : Jenny, la chanteuse, Randy, le guitariste, Blake, la deuxième guitariste, Trent, le bassiste, et Benji, le batteur. Ils buvaient une bière, tranquillement installés. Norbert a expliqué en anglais qu'il venait pour l'interview (enfin, je pense, j'ai reconnu le mot « interview ») et il nous a aussi présentées. Jenny s'est levée et est venue nous embrasser en nous parlant mais je ne comprenais rien du tout. Norbert a traduit :

– Elle a dit que vous étiez adorables et a demandé si vous vouliez des autographes.

On a fait oui de la tête. J'étais tétanisée. Blake a attrapé une affiche et nous a écrit un petit mot. Pendant ce temps, Norbert a débuté son interview avec Randy. J'étais dégoûtée de ne pas savoir mieux parler anglais… À part sourire, je n'avais aucun moyen de communiquer avec eux…

Norbert enchaînait les questions… Au bout d'un moment, la femme qui était venue nous donner les pass est entrée dans la loge :

– Ça va bientôt débuter, Norbert, il va falloir que vous sortiez. Tu peux rester en coulisses si tu veux !

– OK, ça marche, Géraldine !

Ça faisait un moment que j'hésitais, mais là j'ai bien senti que c'était ma dernière chance :

– *Can I take a photo with you ?*

J'avais la voix toute tremblante et mon accent était horrible mais ils ont compris ! On avait une photo de nous avec les Black Phoenix !!!!

– *Thank you !*

Norbert nous a gentiment poussées vers la sortie :

– Allez, les filles, toutes les bonnes choses ont une fin… Il faut les laisser se préparer !

On s'est installés dans les coulisses. Norbert discutait avec un type devant une table pleine de boutons pendant que Chloé et moi on se tortillait pour essayer de voir le public.

– Tu vois quelqu'un qu'on connaît ?

– Non… et toi ?

– Non plus… Je pensais que Princesse B serait là…

La musique d'ambiance a baissé et le public a commencé à crier et siffler. Les lumières se sont éteintes et les Black Phoenix sont entrés sur scène. Jenny a pris le micro et a hurlé : « *Bonjour la France !* » Randy et Blake ont entamé l'introduction de *My Girl from Dover*, ma chanson préférée. Ils ont enchaîné avec un autre titre. L'éclairage était magnifique, on aurait dit qu'une pluie d'étoiles tombait sur eux dans une atmosphère violette sombre. Des fumées masquaient leurs pieds. C'est à ce moment que je me suis rendu compte que ma vessie était pleine à craquer.

Après avoir prévenu Norbert, je me suis précipitée vers les toilettes. C'est fou, plus on se rapproche du but, plus on a envie ! Mais pas de chance, je n'étais pas la seule à avoir un besoin pressant au milieu du concert. Je me suis mise au bout de la file et j'ai continué à sautiller sur place.

– T'es pas en rythme, Hanako !

Je me suis retournée. C'était Matt... Il avait un don pour me surprendre !

– Je ne suis pas en train de danser en fait, ai-je répondu d'un ton acerbe.

– Ah bon ? Tu fais quoi, alors ?

J'allais pas lui dire que je faisais la danse de la fille qui va se faire pipi dessus si elle attend encore cinq minutes.

– Je... Je... Je perfectionne mon équilibre !

Il m'a poussée et j'ai failli tomber sur la femme devant moi, mais Matt m'a rattrapée. J'ai senti mes joues devenir écarlates.

Il s'est penché vers mon oreille :

– Tu n'es pas encore au point, alors…

– Pffff… Je m'attendais pas à ce que tu me pousses, c'est tout.

Je me suis retournée pour faire face à la queue.

– Tu ne veux pas discuter pour patienter ?

Mes genoux sont devenus tout mous quand j'ai croisé ses yeux. Bleu-gris, c'était ça leur couleur.

– Alors ? demanda-t-il en souriant timidement.

– Si tu veux… Tu es tout seul ?

– Non, je suis venu avec mon grand frère et sa copine… Et toi ?

– Avec un copain de mon père… Il devait faire une interview des Black Phoenix.

– Tu les as vus ???

– Je suis allée dans leur loge…

– La chance !

J'étais assez contente de mon petit effet.

– Et tu leur as parlé ?

Heu oui, un peu… Il y a eu un petit blanc et Matt a repris :

– Lucas, mon copain qui est dans ton collège, m'a dit que vous faisiez un spectacle de fin d'année. Tu vas faire quoi, toi ?

– Je ne sais pas trop… Peut-être un ikebana mais je trouve ça nul…

Il ne restait plus que deux personnes avant moi et ça tombait bien parce que je n'allais plus tenir longtemps.

– T'as pas une autre idée ?

– Non.

– Tu finis à quelle heure ton cours d'ikebana ?

– À 18 h 30. Pourquoi ?

– Comme ça… C'est ton tour, Hanako ! Tu veux rester avec mon frère et moi pour la fin du concert ?

– Je ne peux pas, je dois retourner dans les coulisses…

Quand je suis ressortie des toilettes, Matt n'était plus là. J'ai rejoint Chloé et Norbert. Chloé m'a regardée d'un air suspicieux.

– Tu fais une tête bizarre, Hana…

Je l'ai poussée en rigolant.

En fermant les yeux, ce soir-là, dans mon lit, je me suis dit que c'était sûrement un des plus beaux soirs de ma vie.

chapitre 4

Himitsu-bako [n. f.] : Boîte japonaise à ouverture secrète

1

Les petits flocons recouvraient la cour du collège d'un voile blanc. J'avançais avec précaution pour ne pas glisser, les bras écartés du corps, comme les enfants qui apprennent à marcher. Chloé et Adam se sont retournés :

– Accélère, Hana, ça gèle !

– J'arrive, j'arrive !

Pendant les vacances de Noël, je n'avais pas vu mes amis. Même si on avait discuté sur Skype, ils m'avaient beaucoup manqué. Du coup, maman m'avait autorisée à rester chez Adam après notre première journée de cours. Sa maison était à quelques mètres du collège, ce qui ne l'empêchait pas d'arriver toujours en retard. Chloé était déjà allée chez lui une ou deux fois, mais pour moi, c'était une première. Sur la route, la neige formait une bouillie grise dans laquelle mes chaussures s'enfonçaient en faisant un bruit de succion dégoûtant. L'humidité pénétrait jusqu'à mes chaussettes.

– Tes parents ne sont pas là ? a demandé Chloé en rentrant chez Adam.

– Non, aujourd'hui ma mère travaille à l'hôpital de 16 heures à 4 heures du matin. Je suis souvent seul ou avec mon frère. Vous voulez manger un truc ?

Chloé et moi avons accepté tout de suite. Le repas de la cantine était… berk ! Adam nous a préparé des chocolats chauds et a sorti des paquets de biscuits.

Tout en mangeant, on s'est raconté nos vacances. J'étais partie chez mes grands-parents en Savoie, avec maman. Papa nous avait juste rejoints pour Noël et le jour de l'An.

– Comme je n'étais pas chez moi, je n'ai toujours pas pu ouvrir la boîte. J'ai surtout fait du ski avec mon grand-père…

– À propos, je voudrais que tu voies quelque chose, Hana… Venez dans ma chambre.

Dans l'escalier, plein de portraits de famille étaient suspendus, dont certaines photos d'Adam petit. Je me suis retournée vers Chloé pour chuchoter :

– Regarde, tu ne vas pas me dire qu'il ne ressemble pas à Ron dans *Harry Potter* ?

Chloé n'avait jamais été d'accord avec moi sur ce point. Elle trouvait Adam beaucoup plus beau. Elle a grimacé.

– Oh, Ron, ai-je chuchoté, fais-moi des bisous… Des bisous pour ton Hermione chérie !

– Tu racontes quoi, Hanako ? a demandé Adam d'un air suspicieux.

– Rien… ai-je assuré en prenant un air innocent pendant que Chloé m'enfonçait ses doigts dans les côtes.

La chambre d'Adam ne ressemblait pas à l'idée que je m'en faisais. Pas de posters de voitures, de groupes de métal ou de jeux vidéo… Elle était propre, bien rangée et décorée avec goût. Au-dessus de son lit, une affiche d'un groupe était punaisée. Elle représentait une femme couverte de fleurs avec une tasse à café blanche dont sortait comme une fumée les mots « Pink Floyd » en rose fluo.

– Mon père adore les Pink Floyd… C'est toi qui as choisi ce poster ?

– Oui, c'est pas parce que c'est un vieux groupe que c'est nul… J'aime bien jouer leurs morceaux avec mon frère !

Sur trois étagères, Adam avait disposé des objets en bois et des boîtes.

– Et là, c'est quoi ?

– C'est justement ça que je voulais te montrer, Hana… Ce sont des casse-tête ; j'en ai plus d'une centaine. Tu vois où je veux en venir ?

– Je ne suis pas sûre, non…

– Ta boîte, je pense que c'est un casse-tête ! C'est pour ça que tu n'arrives pas à l'ouvrir. Ce n'est pas un problème de clé…

Ce garçon avait la solution, il allait pouvoir ouvrir la boîte.

Il s'est approché de l'étagère pour prendre un minuscule coffret de la taille d'une boîte à bonbons.

– Elle ressemble à ça en plus grand ?

Je l'ai regardée de tous les côtés.

– Le motif en bois n'est pas le même, elle est plus petite… Mais oui, ça pourrait être ça.

– Elle vient du Japon. C'est une *himitsu-bako.* C'est une boîte à ouverture secrète.

J'ai répété sur un ton mécanique *himitsu-bako.*

– Regarde !

Adam m'a pris la boîte des mains et a commencé à faire coulisser une pièce de bois puis à en pousser une autre. Il a tourné le coffret pour presser un autre morceau et il a recommencé comme ça plein de fois. La boîte a fini par s'ouvrir mais elle était vide.

– Cette *himitsu-bako* est assez simple. Elle demande trente-deux mouvements pour s'ouvrir, mais j'ai vu une vidéo où il en fallait trois cent vingt-quatre !

Je me suis affalée sur son lit en soupirant.

– À coup sûr, j'ai le modèle avec huit cents mouvements avec la chance que j'ai…

– Je pourrais essayer de l'ouvrir pour toi, Hana, mais il faudrait que tu me l'apportes…

– … ou que tu viennes chez moi !

Chloé a acquiescé :

– Ce sera plus simple que de sortir la boîte, et moins risqué. Adam l'ouvre, on regarde ce qu'il y a dedans. On voit que c'est une trousse de couture, on se moque de toi et tu la ranges !

– Très drôle, Chloé… Tu verras, je suis sûre que c'est un truc intéressant.

Le plan était prêt. Il ne restait plus qu'à choisir le jour.

2

Il a fallu attendre deux semaines. Ça nous a laissé le temps de nous préparer. Le plan était le suivant : on discuterait dans ma chambre jusqu'à ce que ma mère nous propose de goûter. Elle le fait chaque fois que j'invite une copine. Au bout de dix minutes, Chloé descendrait demander du sucre. Maman passerait un petit moment à le chercher puisque je l'aurais caché la veille. Pendant ce temps, j'irais prendre le coffret et je le ramènerais dans ma chambre. Adam n'aurait plus qu'à l'ouvrir. Il descendrait ensuite demander de l'aide à ma mère sur son projet en art plastique. Ce serait le moment pour moi de remettre la boîte à sa place.

Même si la neige avait fondu, le froid restait saisissant en cette fin d'après-midi. La chaleur de la maison m'a réconfortée. J'ai ôté ma parka et mon bonnet et je les ai suspendus au porte manteau avec les affaires d'Adam et de Chloé. Maman a levé la tête de ses cours pour nous lancer :

– Ah, vous êtes rentrés ! Chaton, tu peux préparer votre goûter ? Je suis en plein dans mon cours, là.

– Heu… oui, pas de problème ! On ira dans ma chambre après…

Chloé et Adam m'ont regardée avec inquiétude. Le plan tombait déjà à l'eau. Je leur ai chuchoté avec détermination :

– Ça ne change rien du tout ! On continue comme prévu.

J'ai rapidement préparé quelques tartines, du thé et du chocolat chaud que j'ai déposés sur un plateau. Dans ma chambre, nous nous sommes installés sur mon futon et nous avons commencé à manger.

– Hanako, ça va pas marcher… Ta mère est occupée, je ne vais pas aller l'embêter pour le sucre…

– Il faut suivre le plan, Chloé. Tu n'as qu'à faire comme si tu cherchais, et elle va venir t'aider. Au pire, le bruit que tu feras couvrira un peu celui de mes pas.

– Si tu veux, Chloé, j'y vais à ta place…

C'était bien le moment qu'Adam joue au chevalier servant avec Chloé !

– Pas question, on suit le plan ! Allez, Chloé, vas-y.

J'ai écouté son pas hésitant dans l'escalier puis sur le carrelage de la cuisine. Dès que j'ai perçu une bribe de conversation en bas, j'ai filé dans le bureau prendre la boîte. Je suis revenue dans ma chambre au moment où Chloé remontait l'escalier. Neko en a profité pour se glisser dans la pièce en même temps qu'elle. J'ai tendu le coffret à Adam. Tout reposait sur lui à présent. Il l'a caressé du plat de la paume sur chaque face en fermant les yeux.

– C'est bien une *himitsu-bako,* Hana… Mais je pense que ça ne va pas être simple.

Pendant au moins un quart d'heure, Adam a regardé la boîte sous tous les angles, la retournant, scrutant chaque rayure, poussant légèrement du bout du doigt un détail en bois. Chloé et moi étions suspendues à ses gestes, comme hypnotisées.

– Adam, faudrait t'y mettre, là ! On a pas toute la nuit !

– Je sais, Hanako. Si tu crois que c'est simple, fais-le !

– C'est bon, c'est bon…

Chloé a lancé une discussion sur Bérénice. Elle avait surpris une conversation. Princesse B serait sur le point de sortir avec un garçon du lycée :

– Tu l'aurais vue se vanter…

– Mais elle le connaît d'où ?

– C'est son voisin. C'est pas injuste ?

Adam s'est interrompu pour regarder Chloé :

– Arrête un peu, je suis sûr qu'il y a un garçon qui veut sortir avec toi.

Les joues d'Adam s'étaient légèrement colorées mais Chloé ne remarquait rien.

– Ah bon, qui ?

Adam a fait mine de se concentrer sur sa tâche.

Clic. La boîte venait de s'ouvrir. On s'est tus et nos yeux ont plongé dans le coffret. À l'intérieur, il n'y avait qu'un seul et unique papier plié en trois.

– Hanako !!!

La voix de maman a failli me faire sortir le cœur de la poitrine. Chloé, elle, a presque renversé le plateau du goûter en sursautant.

– La maman d'Adam est arrivée. Vous descendez ?

– Oh mon Dieu ! Qu'est-ce qu'on fait ?!!

Adam a pris la situation en main :

– Chloé, garde le papier ! Hanako, va remettre la boîte pendant que je descends.

– T'es sûr pour le papier ? Et s'ils voient qu'il a disparu ?

– Arrête de discuter, je dois refermer la boîte. Vu la complexité du mécanisme, ton père ne doit pas l'ouvrir tous les jours.

Adam a recommencé une série de mouvements interminable pour refermer le coffret avant de me le rendre et nous sommes sortis de ma chambre. En remettant la boîte à sa place, mes mains tremblaient tellement que j'ai failli la lâcher sur le tatami du bureau. Puis j'ai rejoint Adam en bas.

– Chloé ne vient pas ? m'a demandé maman. Pourquoi tu es essoufflée comme ça ?

– Heu… je suis descendue un peu vite et… Chloé s'est endormie, alors on n'a pas voulu la réveiller.

Je me suis tournée tout de suite vers la mère d'Adam pour changer de conversation.

– Bonjour, madame Gingsberg.

– Bonjour, Hanako. Adam, on y va ? Il faut que je file à l'hôpital.

Cerise sur le gâteau ! Le père de Chloé est arrivé. J'étais totalement en panique !

– Je vais la chercher, maman !

J'ai filé jusqu'à ma chambre. Chloé s'était allongée sur le lit et regardait le papier. C'était une lettre. Neko, étendu près de Chloé, a essayé d'attraper la feuille.

– Non, le chat !

Je me suis précipitée, mais Neko a pris ça pour un encouragement et, en un claquement de dents, il avait croqué le coin gauche du bas du papier. Il m'a regardée avec ses gros yeux ronds, en boulottant le petit morceau.

– Neko, t'es le pire chat du monde ! Comment t'as pu me faire ça !

L'angoisse a formé une grosse boule dans ma poitrine. Les larmes aux yeux, je me suis tournée vers Chloé.

– Ton père t'attend…

3

Après le départ de Chloé et d'Adam, je suis retournée dans ma chambre. J'avais déposé la feuille sur la table de chevet pour éviter que Neko ne mange le reste. Je l'ai soulevé en le prenant sous les pattes avant, il a miaulé de mécontentement.

– Et moi, tu crois que je suis contente, le chat !

Je l'ai retourné sur le dos pour lui gratter le ventre en m'asseyant sur mon futon. Que faire maintenant ? Impossible de remettre la feuille dans la boîte sans Adam ! Si mon père s'apercevait de son absence, je signais mon arrêt de mort. Neko m'a mordillé les doigts pour que je le caresse.

– Merci, le chat ! Grâce à toi, il manque un morceau, qui se trouve dans ton gros bidou maintenant !

Même si je parvenais à remettre la lettre à sa place, papa verrait bien que le coin gauche avait disparu… Je me suis sentie nulle, nulle au dernier degré. Comment avais-je pu être assez bête pour me mettre dans une situation pareille ? Mes yeux se sont emplis de larmes. J'ai plongé ma tête dans le duvet de Neko et les larmes ont laissé place à de gros sanglots.

Maman a frappé à la porte.

– Hanako, ça va, chaton ?

J'ai vite glissé la lettre entre le futon et le tatami. Je n'arrivais même pas à répondre tellement je pleurais. Elle s'est précipitée vers moi.

– Mais qu'est-ce qu'il t'arrive ? Ça avait l'air d'aller pourtant tout à l'heure ?

Blottie contre elle, comme quand j'étais petite, j'avais l'impression que plus rien ne pouvait m'arriver et je me suis dit qu'il valait mieux avouer. J'ai ouvert la bouche, mais j'avais la gorge si serrée que rien n'est sorti.

– Tu t'es disputée avec Chloé ou Adam ?

L'instant de vérité venait de passer. J'ai saisi l'explication proposée au vol et j'ai hoché la tête.

– Ça va s'arranger. Ils tiennent beaucoup à toi.

Elle a eu un petit moment d'hésitation.

– Est-ce que c'est parce que Chloé et toi êtes toutes les deux amoureuses d'Adam ?

L'image de Matt m'a traversé l'esprit un quart de seconde.

– Non... non, ai-je dit en souriant. C'est Chloé qui est amoureuse d'Adam.

– D'accord...

Elle m'a fait un petit clin d'œil.

– Je crois qu'Adam aussi.

Mon sourire s'est élargi et les larmes ont arrêté de couler. Mais le poids sur ma poitrine ne partirait pas si facilement.

– Tu veux me parler de ton problème ?

– C'est... rien. Tu as raison, ça va s'arranger. Je suis sûre que Chloé n'y pense déjà plus. Je... Je lui en voulais à cause du spectacle de fin d'année qu'elle ne veut pas faire avec moi.

J'ai essayé de mettre un peu d'enthousiasme dans ma voix. Ça sonnait faux mais maman y a cru et a quitté ma chambre. J'ai repris la lettre sous mon matelas. Après tout, autant aller jusqu'au bout. Au moins, je saurai pourquoi je serai punie…

La lettre était manuscrite, composée d'anciens *kanji* japonais. Je lis déjà difficilement les *kanji* modernes, alors ces vieux caractères ! Certains ont plusieurs sens et le même son peut s'écrire de plein de façons différentes. Par exemple, il existe cent quatre-vingt-quatre possibilités rien que pour écrire le son *kö*. Impossible de lire cette lettre avec mes faibles connaissances écrites en japonais. En bas de la lettre, il y avait deux tampons, semblables à des sceaux administratifs. En tout cas, cela paraissait officiel. Le premier tampon, tracé à l'encre rouge, formait une rosace à seize pétales avec un petit cercle au milieu. Au-dessus du tampon, on distinguait deux *kanji*. Je suis quasiment sûre que le premier était celui du prénom de papa : Akihito. Le second, en revanche, ne ressemblait pas du tout à celui de mon nom de famille. Ce n'était donc pas une lettre signée par papa. Mais la personne qui l'a écrite portait le même prénom… L'indice était maigre ; des Akihito, il y en a beaucoup au Japon. Le deuxième tampon était beaucoup plus gros. Il mesurait une dizaine de centimètres et avait une forme carrée. À l'intérieur, figuraient quatre *kanji*. Ils ne me disaient rien du tout. Ça m'a fait penser à ce test psychologique où on montre des taches d'encre. En regardant les quatre *kanji*, je voyais deux personnes en train de discuter autour d'un poteau électrique, un chandelier à l'envers, une bonbonne de gaz et une tulipe.

Mon ordinateur a fait un petit bip. Chloé venait de se connecter.

[**MissBonbon**] Alors ? Ça va ? Elle dit quoi, la lettre ?

[**Witch**] Je ne me suis pas encore fait choper, c'est déjà ça… Par contre, je ne sais pas pour la lettre, je n'arrive pas à la déchiffrer.

[**MissBonbon**] Comment ça ?

[**Witch**] Je ne lis pas bien le japonais et en plus ce sont des vieux *kanji*. Un peu comme si t'avais trouvé une lettre en latin, quoi…

[**MissBonbon**] C'est nul ! On a fait tout ça pour rien ?

[**Witch**] Je ne vois pas trop qui pourrait m'aider, à part mon père, et je pense que je vais éviter de lui demander !

Zadam s'est connecté

[**Zadam**] C'est moi, les filles ! Adam !

[**MissBonbon**] C'est quoi, ce pseudo ?

[**Zadam**] Oui, bah j'avais pas d'idée… T'as lu la lettre, Hana ?

[**Witch**] Non, je ne peux pas : c'est du japonais ancien.

[**MissBonbon**] Pourquoi tu demandes pas à ta prof d'ikebana ? Tu nous as dit qu'elle avait passé vingt ans au Japon. Si ça se trouve, elle pourrait la lire…

[**Witch**] Mais si elle en parle à mes parents ? Elle est sympa avec moi, mais ça ne veut pas dire qu'elle ne dira rien…

[**Zadam**] Tu peux lui demander s'il existe quelque chose de simple pour lire le vieux japonais ?

[**Witch**] Oui, ça se tente…

[**MissBonbon**] Bon, tout va bien alors !

[**Witch**] Non, tout va pas bien ! La lettre est hors de la boîte et Neko en a mangé un morceau.

[**Zadam**] Ça se voit beaucoup ?

[**Witch**] Pas mal…

[**MissBonbon**] J'ai une idée : tu fais une photocopie au collège et tu mets la copie dans la boîte, comme ça il ne manquera plus le morceau.

[**Witch**] Non, le papier est trop différent. Par contre, si j'ai la photocopie, je pourrai l'étudier tranquillement et on remettra l'original dans la boîte.

[**Zadam**] Oui, je te guiderai par webcam. Je vous laisse, les filles, mon frère m'a fait des pâtes.

[**Witch**] OK ! Bon ap'. Je vais manger aussi, Chloé. On se voit demain ?

[**MissBonbon**] Bisous.

[**Witch**] Bisous.

4

– Annie, redresse un petit peu ta branche de cerisier, elle empêche tes iris de respirer... On va droit à l'asphyxie, là !

J'ai rigolé. Elle est marrante, Odette ! Je dois en être à mon vingtième cours d'ikebana, sans compter les heures supplémentaires, et je commence à me débrouiller. La semaine dernière, j'ai même envoyé une photo de mon bouquet à mamie Michiko. Elle l'a trouvé *kawaï*. Je ne suis pas sûre qu'un ikebana soit censé être mignon, mais j'ai pris ça pour un encouragement. L'ikebana n'est toujours pas ma grande passion, mais je dois reconnaître que je trouve ça assez relaxant. Quand je pense à mon bouquet, à l'endroit où je dois piquer les fleurs, ça me vide la tête, et en ce moment j'en ai bien besoin !

– Hanako, tu rêves ?

– Oh, oui... Dites, madame Odette, vous vous y connaissez en *kanji* ?

– Ça dépend ce que tu veux dire par s'y connaître mais je lis assez bien le japonais.

– Le japonais ancien aussi ?

Elle a déplacé ma branche de cerisier pour la mettre un peu plus en profondeur dans le vase.

– Toi aussi, tu as un problème de respiration… Regarde ton bouquet, il est tout resserré sur lui-même. Encore un petit effort et les fleurs vont faire des nœuds.

– Si la respiration des fleurs était mon seul problème…

– Ce n'est pas une raison pour les torturer !

J'ai disposé deux iris plus à droite.

– Voilà qui respire mieux, non ? Ce sont les *kanji* qui te donnent envie d'embêter les fleurs ?

Soit les fleurs en disent long sur mon état d'esprit, soit Odette a un sacré don pour lire dans mes pensées. Je l'ai fixée en répétant mentalement : « *Vous m'entendez, Odette, vous m'entendez ?* » Elle me regardait d'un air étrange. Puis elle m'a fait un large sourire.

– Tu es une jeune fille étonnante, Hanako. Passe dans mon bureau après le cours, je te montrerai quelque chose.

J'ai fignolé mon bouquet en supprimant une ou deux feuilles, j'ai retaillé un peu une tige et j'ai admiré le résultat. C'était très joli. Comme un jardin miniature. L'eau miroitait dans le vase vert cuivré et la branche de cerisier venait s'y refléter. On aurait dit que des petites boules de coton flottaient dans l'eau. Les iris, avec leurs notes violettes et jaune d'or, donnaient un côté gai et printanier à l'ensemble. Marion et Annie se sont approchées pour regarder.

– Il est très réussi, Hanako !

Dans son bureau, Odette a préparé du thé. Un parfum de jasmin flottait dans la pièce.

– Alors comme ça tu t'intéresses aux anciens *kanji* ?

– Oui, enfin un peu… Mon père insiste pour que je développe ma culture japonaise…

– C'est tout ?

Elle lit dans ma tête, ce n'est pas possible autrement… Je me suis éclairci la gorge avant de répondre en me servant une tasse.

– Je… Sur Internet, j'ai trouvé un vieux document qui m'intrigue, je crois que c'est une légende et j'avais envie de la décrypter. Un peu comme un défi !

– Alors peut-être que ceci pourrait t'aider…

Elle a pris un livre sur une étagère. Sa couverture était en cuir rouge et les lettres dessus étaient imprimées en doré. Les pages de la tranche avaient jauni et étaient recouvertes de poussière.

– C'est quoi ? ai-je demandé en pensant : « *C'est un vieux grimoire, des trucs magiques secrets du Japon. En fait, Odette est un chaman japonais… Je vais être initiée ! J'ai passé le test en réussissant mon ikebana…* »

Odette me fixait avec ses yeux qui pétillent.

– Tu me fais rire, Hanako… C'est un dictionnaire !

Bah oui, Hana ! C'est un dictionnaire… Parfois, j'oublie que la magie n'existe pas…

– Si tu veux, je te le prête.

Je lui ai sauté au cou en manquant de renverser son bureau !

– Vous feriez ça ? Merci ! Merci ! Merci !

– Oui, tu peux le prendre. Tu penseras à me le rendre… Allez, file maintenant, ton père doit t'attendre.

J'ai glissé le dictionnaire avec précaution dans mon sac de cours, j'ai ramassé les fleurs que j'avais déjà emballées et j'ai fait un petit signe de la main à Odette avant de sortir. Papa m'attendait.

– Hanako ! Hanako ! Attends…

Odette s'est précipitée vers moi tout essoufflée.

– J'ai oublié de te donner ça…

Elle m'a tendu un petit papier plié en quatre. Dessus, mon prénom était noté en japonais. Pourquoi Odette m'écrivait-elle un mot ?

Mon cœur s'est emballé en le lisant :

« *Hanako,*

Retrouve-moi au parc samedi, près du banc bleu, à 15 heures. J'ai une proposition à te faire.

Préviens Lucas, mon copain qui est dans ton collège, si tu ne peux pas.

Matt »

5

En sortant du contrôle de maths, j'ai enfin pu tout déballer à Adam et Chloé :

– Il s'appelle Matt… ai-je soupiré avec une myriade de petits cœurs dans la voix.

– Il est au collège ? a aussitôt demandé Chloé.

– C'est le 3e qui a ramassé ton sac quand tu es tombée dans la cour ?

– Non, non… Il est en 2de au lycée Victor-Hugo. Celui qui a ramassé mon sac, c'est son copain Lucas.

– Mais comment tu le connais ?

– C'est une longue histoire. Je l'ai croisé là où je fais de l'ikebana et après je l'ai revu aussi au concert…

Chloé a pris une moue boudeuse :

– Et tu ne m'as rien dit ?

– Arrête, Chloé… est intervenu Adam. Elle ne m'a rien dit non plus et je n'en fais pas un plat.

– Je ne l'ai pas revu depuis le concert. Il voulait que je reste avec lui et son frère mais j'avais promis à Norbert de ne pas traîner, donc voilà…

– Et… ?

– Et hier soir, au cours d'ikebana, la prof m'a donné ça.

J'ai sorti le bout de papier de ma poche et je l'ai déplié avec précaution avant de leur tendre.

– Pas mal comme plan drague, a décrété Adam.

– La chance ! C'est pas à moi que ça arriverait, une histoire comme ça, a rajouté Chloé.

Adam a pris son porte-monnaie de son sac.

– Je vais au distributeur. Vous voulez quelque chose ?

On a fait non de la tête.

– Et il ressemble à quoi ? a enchaîné Chloé, impatiente d'en savoir plus.

– Il est… waow ! Il est brun avec des petites mèches qui lui tombent devant les yeux. Et ses yeux sont bleus, un peu gris et je sais pas… Je le trouve… enfin tu vois, ça me fait comme toi avec Adam. Pourtant, au début, il m'a agacée mais pffff… En fait…

– En fait, t'as complètement craqué !

Quelqu'un a ricané derrière nous à ce moment-là.

– C'est sûr que le pantalon de Chloé va finir par craquer avec des jambons pareils à la place des cuisses.

C'était Princesse B et les duchesses.

Chloé s'est retournée. Elle avait déjà les larmes aux yeux. Princesse B se tenait face à elle, ses boucles blondes encadrant son visage, telle une star américaine. Chloé a ouvert la bouche pour répondre mais aucun son n'est sorti. Je m'apprêtais héroïquement à remballer Bérénice quand Adam est arrivé. Il avait tout entendu.

– D'où je suis, je vois un bouton sur ta joue, Bérénice. Il est blanc et super dégueu. À mon avis dans moins d'un an, tu en auras sur toute la face, alors à ta place je fermerais ma grande bouche.

C'était Adam qui venait de dire ça ? Le type qui bredouillait devant elle il y a quelques mois ? Incroyable ! Et en plus il n'avait pas fini…

– Chloé est magnifique ! Je préfère mille fois sortir avec une fille comme Chloé qu'avec toi.

À ce stade, Chloé était complètement déboussolée. Son visage hésitait visiblement entre crise de larmes et fou rire, ce qui lui donnait une drôle d'expression. Adam a avancé d'un pas décidé vers elle, l'a saisie par les épaules et l'a embrassée.

Bérénice a pris un air dégoûté avant de répondre d'une voix mal assurée :

– Je vois que le triton a trouvé sa sirène…

Mais seules les duchesses ont rigolé. Chloé et Adam se sont retournés vers moi.

– Tu disais quoi, Chloé, sur le fait qu'il ne t'arrivait jamais rien de romantique ? l'ai-je taquinée.

Elle regardait Adam comme s'il s'agissait d'un gros bonbon.

– Oh, j'ai plus rien à dire…

Mais son visage a changé d'expression d'un coup.

– Adam, c'était pas pour embêter Bérénice ?

– Mais non, t'es bête ! Elle m'a juste donné le courage de me lancer, a chuchoté Adam en la serrant dans ses bras.

6

Mon visage rayonnait sous ce léger soleil printanier. Mes cheveux ébène volaient sous la brise. Matt s'est penché vers moi, j'ai senti son souffle sur ma bouche mais quelque chose m'a tiré d'un coup en arrière. *Aïe !!! On me tire par les cheveux !* Je me suis retournée et j'ai vu Bérénice avec une paire de ciseaux. Avant que j'aie le temps de réagir, *crac !* elle les a coupés. Matt a éclaté de rire, il a attrapé Bérénice par la taille et ils sont partis. J'ai senti comme des milliers d'aiguilles se planter dans mon crâne.

Et j'ai ouvert les yeux ! J'étais en sueur. Neko s'appliquait à me planter ses griffes dans le cuir chevelu en ronronnant. Quel horrible cauchemar ! Ça faisait deux jours que je dormais mal à cause de Matt… Huit milliards de questions tournaient dans ma tête : est-ce que je lui plaisais ? Allait-il me demander de sortir avec lui ? Qu'allait-il me proposer ? Comment m'habiller ? Quoi dire ?

Je passais mon temps à préparer des scénarios, je m'imaginais ma réaction s'il me demandait d'être sa copine, s'il m'embrassait.

Je savais bien que je m'emballais, que j'aurais dû rester calme, un peu blasée, ne rien espérer, mais je n'y arrivais pas. Je devenais à moitié folle, je riais et, une seconde plus tard, j'avais les larmes aux yeux. J'ai pris Neko dans mes bras et je l'ai fait tournoyer en le couvrant de bisous. J'étais amoureuse et c'était trop tard pour revenir en arrière… Si Matt ne m'aimait pas, autant passer mon cœur au mixeur. Les heures me semblaient interminables et j'étais incapable de me concentrer sur quoi que ce soit. J'ai commencé à faire mes devoirs et, deux minutes après, j'étais déjà en train de rêvasser. Alors, j'ai joué au solitaire sur l'ordinateur. Je me suis dit que si je réussissais trois fois de suite, ça voulait dire que Matt voulait sortir avec moi. Oui, c'était débile. Et j'ai aussi fait le jeu où on additionne les lettres des prénoms pour savoir si on est compatibles (ça aussi c'était débile) : Matt + Hanako = 84 % d'amour.

La grande question était de savoir comment les gens amoureux font pour vivre normalement. Je n'avais plus faim, je ne dormais plus la nuit.

Bip. Adam s'est connecté. Il pourra peut-être me donner des conseils.

[**Zadam**] T'as fini le devoir de géographie ? T'as trouvé la question 3 ?

[**Witch**] Non… Et je sais pas quoi mettre pour aller au rendez-vous.

[**Zadam**] J'ai l'air d'un conseiller en mode ? Demande à Chloé…

[**Witch**] Non mais toi, tu voudrais qu'elle soit comment, la fille avec qui tu as rendez-vous ?

[**Zadam**] Naturelle ! Hana, je vais te laisser, faut que je finisse la géo.

[**Witch**] Adam, *please*!!!! *Please*!!!!

[**Zadam**] Bon… Quelque chose de simple, un jean, un T-shirt…

[**Witch**] Mon T-shirt bleu ?

[**Zadam**] Non, non, je ne vais pas faire le tour de ta penderie avec toi ! Débrouille-toi !

[**Witch**] Mais Adam !!!!

[**Zadam**] Allez, bon aprèm ! Tu me raconteras.

Simple. Naturelle. Un jean. Un T-shirt. Une paire de baskets. J'ai suivi les conseils d'Adam. Mes parents m'avaient autorisée à aller au parc toute seule, comme c'était en plein après-midi et à dix minutes à pied de la maison. Je suis partie beaucoup trop tôt. J'ai eu beau traîner sur le chemin, je suis quand même arrivée quinze minutes en avance. Je me suis installée sur un banc et j'ai sorti un livre pour avoir l'air décontractée. J'ai relu au moins trois cents fois la même ligne. Je regardais ma montre toutes les dix secondes, et c'est beaucoup quand on a un quart d'heure d'avance. Je jetais des coups d'œil à droite et à gauche pour voir si Matt s'approchait. À 15 h 05, il n'était pas là. J'ai repensé à mon rêve et j'ai imaginé Matt et Bérénice cachés derrière un buisson, en train de se moquer de moi. À 15 h 10, Matt n'était toujours pas là et j'aurais juré avoir vu le buisson bouger. À 15 h 16, je me suis dit qu'il fallait partir, cesser cette scène d'humiliation. Le buisson avait assez rigolé. À 15 h 17, une main s'est posée sur mon épaule.

– Hanako, je suis désolé ! Mon frère m'a retenu un peu. Tu ne m'en veux pas ?

– Non… Je… C'est pas grave…

– Tu allais partir ?

– Ah… euh… je commençais à me demander…

– Viens, je t'invite à boire un café pour me faire pardonner.

Waow, un café ! J'avais d'un seul coup l'impression d'être super grande. On ne m'a jamais invitée à boire un café. Nous avons traversé le parc et Matt a poussé la vieille porte du café de la Poule-Dorée. Des dessins de poules étaient gravés sur les vitres. Nous nous sommes assis près des fenêtres, moi sur la banquette et Matt sur une chaise. J'étais assez impressionnée. Matt, lui, avait l'air tout à fait à l'aise.

– Mon frère fait des concerts ici. Je l'accompagne, en général. Mes parents sont assez cool sur les sorties quand je suis avec lui. Qu'est-ce que tu veux ?

– Euh… un café.

Je ne bois jamais de café, en fait. Je trouve ça dégoûtant, mais je ne savais pas quoi prendre. Et puis, le café, c'est ce qu'il y a de moins cher sur la carte.

– J'ai repensé à toi après le concert, a commencé Matt.

J'ai senti mes joues devenir écarlates. *Moi aussi, Matt, j'ai repensé à toi. Je n'ai même fait que ça.*

– J'ai trouvé une solution.

– Une solution ?

Mais de quoi il parle ?

– Oui, tu sais, pour ton spectacle de fin d'année. C'est de ça que je voulais te parler.

C'est une blague ! Il ne m'a pas fait attendre trois jours pour me parler du spectacle de fin d'année ?

– Ah oui, je t'avais dit…

– Oui, et donc j'ai pensé qu'il y avait mieux que l'ikebana…

– Ah ?

Tu te rends compte que tu es en train de me briser le cœur, Matt ? Tu sais ça ?

– Tu pourrais faire une démonstration de *kendo* ! Qu'est-ce que tu en penses ?

Il me regardait avec un air triomphal. J'avais envie de disparaître sous terre.

– Du *kendo* ? Je ne vois pas… J'y connais rien en *kendo*.

– J'ai parlé à Odette, ta prof d'ikebana… En fait, c'est ma grand-mère. Et elle serait d'accord pour que tu fasses du *kendo* à la place de ton heure supplémentaire d'ikebana. Elle garderait le secret.

– Mais pourquoi du *kendo* ?

– J'en fais depuis huit ans, j'ai pensé que je pourrais te donner des cours et qu'on ferait ta présentation ensemble à la fin de l'année, mais si ça ne t'intéresse pas, tant pis.

Il avait l'air un peu vexé. Des cours particuliers avec lui, oui. Mais j'attendais autre chose… *Matt, tu ne vois pas que je crève d'envie de t'embrasser !* J'ai pris sur moi.

– Si, ce serait super ! C'est très sympa comme proposition.

– Tu es sûre ? Tu n'as pas l'air emballée…

– Si, si, c'est une bonne idée !

J'ai essayé de paraître plus enjouée. Afin de m'accorder une pause, j'ai bu une gorgée de café. C'était aussi mauvais que dans mon souvenir. Le café me laissait un goût aussi amer que cette discussion.

– Génial ! Tu vas voir, on va s'amuser. Je vais t'apprendre toutes les règles et puis on va préparer un enchaînement ensemble. Il faudra aussi que tu essayes un équipement. T'imagines la tête des élèves du collège quand tu vas enlever ton *men*, le casque de combat, à la fin !

– Oui, sans doute.

J'ai esquissé un maigre sourire.

Matt semblait passionné à l'idée de se battre avec moi. J'avais plus envie de l'embrasser que de lui taper dessus, mais bon… Matt continuait à me parler du *kendo*, de son histoire, de son enseignement, de coupes, de tuer l'adversaire…

J'écoutais à moitié, obsédée par le fait que ce rendez-vous n'était pas du tout comme je l'avais rêvé, jusqu'à l'instant où Matt a pris ma main. Il avait fait ça très spontanément au milieu de toutes ses explications sur les trois façons les plus efficaces de couper en deux son adversaire. Ces entraînements secrets en tête à tête me sont soudain apparus plus intéressants. Chaque semaine, je passerais une heure seule avec Matt, il m'apprendrait à me battre et je mettrais un point d'honneur à ce qu'il ne puisse pas envisager une seule seconde de partir sans m'embrasser. Cette fois, je l'ai dit avec sincérité :

– C'est une idée géniale, Matt, je suis super contente !

– Je dois te laisser, mais on se voit après les vacances pour le premier entraînement ?

– Oui !

Il s'est approché. Pendant une fraction de seconde, j'ai cru que ça allait arriver, mais il a juste déposé un baiser sur ma joue.

– À bientôt, Hanako.

chapitre 5

Bushido [n. m.] : Code moral des guerriers japonais

1

Il paraît que certaines personnes lisent l'avenir dans le marc de café ou dans les feuilles de thé. En scrutant les pétales de *sencha* qui surnageaient dans mon bol, je me suis demandé si c'était vrai. J'avais beau les regarder attentivement, je ne voyais pas trop ce qu'ils essayaient de me dire. Au Japon, l'horoscope se fait à partir des groupes sanguins… Bizarre, comme idée. Font-ils une prise de sang exprès pour savoir leur groupe ? Moi, je suis B +. Je le sais depuis que j'ai eu l'appendicite. La dernière fois que je suis allée à Tokyo avec ma cousine Hitomi, elle m'a montré des boissons concoctées pour les différents groupes sanguins. J'ai goûté celle pour les B + et ça ressemblait à un banal jus de fruits... Sur les sites de rencontre, il y a aussi un filtre pour trier les garçons en fonction de leur groupe! J'aimerais bien connaître celui de Matt! Mais ce que je voudrais surtout, c'est le revoir... Les vacances me semblaient interminables. Mon excitation était retombée comme un soufflé. Je m'étais tellement imaginé qu'il allait m'embrasser au parc...

– *Chichi*? Il y a eu des samouraïs dans notre famille? Je veux dire des ancêtres samouraïs?

Papa a jeté un coup d'œil vers maman puis s'est levé pour débarrasser la table du petit déjeuner.

– Je ne suis pas très au point sur la généalogie de notre famille, a commencé papa, mais ton grand-père disait souvent qu'on descendait d'une famille assez noble, donc c'est possible... Pourquoi?

– Oh comme ça... Tu t'y connais en *kendo*?

– Un peu. Le *kendo* vient justement des samouraïs qui l'ont créé pour s'entraîner hors des périodes de guerre. « *Ken* » veut dire « sabre », et « *do* », c'est la voie, le chemin de l'entraînement, de la progression… Mais je n'ai jamais pratiqué. Je suis comme toi, j'ai grandi en France et quand j'étais jeune, le Japon était beaucoup moins à la mode. Il n'y avait pas autant de clubs qu'aujourd'hui. Comment ça se fait que tu t'intéresses au *kendo*?

– Il y a un cours à l'association, alors j'étais curieuse.

– Si tu veux essayer, tu peux, tu sais ?

– Justement, je me disais que peut-être ça me plairait… Odette m'a proposé d'assister à un cours juste après l'ikebana.

Je n'avais pas prévu ça, mais l'occasion était trop belle pour arranger mes rendez-vous secrets avec Matt sans que ça paraisse suspect.

– Bien sûr ! Ça me fait plaisir que ça t'intéresse, Hanako. J'aurais dû te laisser choisir ton activité. Il faudra que tu demandes à ton grand-père de te montrer son *katana* !

J'ai instantanément vu sur son visage qu'il en avait trop dit. Cette fois, je n'allais pas le lâcher.

– Son *katana*, *chichi* ? Je croyais que nous n'avions pas de samouraïs dans la famille…

– Heu… oui… mais c'est vrai, ce sabre pourrait laisser penser que nous avons peut-être des ancêtres qui faisaient partie des guerriers du shogunat.

Tu ne vas pas t'en tirer si facilement, mon cher chichi.

– Pourquoi tu ne veux jamais rien me dire sur notre famille ?

– Mais il n'y a rien à raconter, Hanako. On est issus d'une famille plutôt aisée du Japon qui, à un moment, a choisi de venir vivre en France et c'est tout…

– Et ils faisaient quoi, nos ancêtres aisés ?

– C'étaient de riches propriétaires terriens… Ils cultivaient leur domaine et voilà.

– Et voilà…

– Oui ! Et voilà !

C'est fou de s'énerver pour ça…

– Ils cultivaient des carottes… C'est ça ? Et ils avaient des sabres pour les couper plus facilement ?

On a peut-être un épluche-légumes de samouraï, du coup, chez grand-père ?

– Hanako, tu es impossible parfois, je t'assure ! Ils possédaient des terres cultivées par d'autres et ils les protégeaient. Ça te va comme ça ?

– Ça devait être super marrant de les voir poursuivre leurs ennemis avec des épluche-légumes !

Maman a pouffé et papa a soupiré en hochant la tête.

– Au fait, Hanako, tu n'aurais pas touché mes affaires dans mon bureau, par hasard ?

Je me suis sentie blêmir.

– Non, pourquoi ?

– Comme ça, comme ça…

– Bon, je vais faire mes devoirs pour demain…

J'ai vite filé avant que la conversation ne prenne une tournure beaucoup plus compliquée. Et justement, il fallait que j'examine la lettre au plus vite. D'une, parce que j'en avais assez qu'on me fasse des cachotteries sur ma famille. Et de deux, parce que mon père semblait très soucieux de ce qui se passait dans son bureau ; la piqûre de rappel était plus que claire. Si je ne voulais pas me faire prendre, je devais remettre au plus vite cette lettre à sa place.

Je me suis installée à mon bureau, la lettre posée bien à plat, le dictionnaire à côté. Neko a poussé la porte de ma chambre en m'adressant un léger miaulement.

– D'accord, viens sur mes genoux mais tu n'as pas intérêt à boulotter un autre morceau de papier !

– Miaaa !

J'ai regardé attentivement la lettre. Les *kanji* sont formés de manière logique et thématique. C'est comme la racine du mot… Donc, même si on ne connaît pas le mot, on peut deviner son sens si on identifie le symbole de base. Par exemple, les *kanji* des mots « feu », « étincelles » ou « incendie » ont une graphie similaire. Enfin, ça, c'est la théorie… Car même avec le dictionnaire, c'est assez compliqué à décrypter. Au bout d'une heure trente de recherche, je n'avais déchiffré que trois *kanji* : « autorité, » « famille » et « éteindre ». J'en avais reconnu d'autres assez simples, que papa m'avais appris, comme le verbe « être »… Mais rien de tout ça ne me donnait le sens de la lettre. Ce n'était sans doute qu'un stupide courrier administratif. Neko s'est étalé de tout son long sur le dictionnaire. Il me fixait en bâillant.

– Quoi, le chat ?

– Miaaa ! miaula-t-il de manière vindicative avant de se mettre à mastiquer une page du dictionnaire.

– Tu ne vas pas recommencer ! Maman ne te donne plus de croquettes ou quoi ?

Vexé, Neko a quitté ma chambre. Je me suis replongée dans le dictionnaire, sur un *kanji* que j'avais déjà vu quelque part… oui, ce *kanji* ressemblait beaucoup à celui qui revenait plusieurs fois dans la lettre. Celui du dictionnaire signifiait « donner un prix, une récompense ». Mais celui de la lettre est légèrement différent.

Ils ont la même clé, la clé qui veut dire « main ». Je suis revenue à l'index de chaque clé. Sérieusement, comment on a pu inventer un système aussi compliqué pour écrire ? La clé « main » sert à faire des mots aussi différents que « lettre », « chanteuse », « prendre soin » et j'en passe ! Au moins une centaine de *kanji* ! J'ai scruté chaque *kanji*, à la recherche du mien… Mes yeux piquaient. Et il était là ! Il y avait un renvoi vers la page trois cent vingt-quatre du dictionnaire. J'ai ouvert la bonne page en saisissant juste le coin et en fermant les yeux. J'ai respiré un grand coup. Et j'ai lu : « adoption ». Mon *kanji* signifiait « adoption ». Je suis restée figée. J'avais l'impression de flotter à côté de mon corps tellement tout ça me semblait irréel et pourtant évident. J'étais adoptée. Le secret, c'était moi.

Mécaniquement, j'ai déplié une jambe puis l'autre. Je me suis levée, j'ai marché jusqu'à la salle de bains et je me suis plantée devant le miroir. J'avais l'impression de voir quelqu'un d'autre. Il y avait cette fille d'avant, dans le miroir, et il y avait ce moi qui la regardait et qui n'était qu'un mensonge. Comment avais-je pu me tromper à ce point ? Pourtant, ces yeux verts ressemblaient à ceux de maman, et mes cheveux, mon visage… Et la photo de tante Ame quand elle était jeune, je lui ressemblais aussi ! Ce n'était pas possible. Ils me l'auraient dit. Ils ne m'auraient pas caché quelque chose d'aussi important. J'ai respiré calmement et je suis redevenue cette fille dans le miroir. Hanako, la fille de mes parents. Oui, ils me l'auraient dit. Chloé me taquinerait : « *Hanako, tu t'emballes alors que si ça se trouve c'est le mode d'emploi de la machine à café.* » C'est vrai, j'avais peut-être mal interprété, c'était tellement dur à déchiffrer, ces *kanji*. Si ça se trouve, ça ne parlait pas de moi non plus. Adam me dirait : « *Arrête de te prendre pour le centre du monde, Hanako !* »

Mais si ce n'était pas à propos de moi, alors pourquoi me le cacher ?

2

– Hanako, arrête !

– Chloé a raison, a insisté Adam. Tu ne connais pas le contenu de cette lettre. Tu le dis toi-même, tu n'as reconnu que quelques mots... Allez, viens par là, tu ressembles à un zombie.

Chloé et Adam m'ont serrée dans leurs bras mais ça ne m'a pas calmée : j'ai pleuré de plus belle. Je m'étais tellement retenue toute la soirée, puis ce matin dans la voiture. Je n'avais rien pu avaler. Je me sentais trahie et en même temps j'aurais voulu tout leur déballer pour qu'ils m'assurent que j'avais trop d'imagination.

Chloé m'a caressé les cheveux. Mais je les détestais, ces cheveux, je ne savais même pas à qui je les devais. Je n'avais peut-être aucune origine japonaise.

– Calme-toi... Et essaye de penser à quelque chose de positif. Pense à Matt. Tu peux faire ça ?

J'ai fermé les yeux et je me suis souvenue de notre rendez-vous, le moment où il m'a pris la main. J'ai pris une grande inspiration.

– Tu peux venir en cours ou tu préfères aller à l'infirmerie ?

Je voyais bien dans les yeux d'Adam qu'il s'inquiétait pour moi. Une deuxième inspiration. Ça irait.

– Je vais venir en cours, comme ça je penserai à autre chose.

Par chance, nous étions avec M. Etcheveste. Il a un sixième sens et il sait très bien quand ça ne va pas et qu'il faut nous laisser tranquille. En rentrant dans la classe, il m'a adressé un petit sourire embêté.

– Aujourd'hui, nous allons étudier *L'Appel du large* de Charles Baudelaire.

M. Etcheveste m'a tendu une feuille et a continué à déambuler dans la salle. J'ai lu les premières lignes :

Un matin nous partons, le cerveau plein
de flamme,
Le cœur gros de rancune et de désirs amers,
Et nous allons, suivant le rythme de la lame,
Berçant notre infini sur le fini des mers.

Je n'étais pas sûre d'avoir tout compris à l'« infini sur le fini des mers », mais « le cœur gros de rancune et de désirs amers », ça je voyais bien ce qu'il voulait dire, Charles ! J'avais le cœur gonflé par la colère et la tristesse.

– Est-ce que quelqu'un peut me citer un autre poème de Charles Baudelaire ? Alice ?

– J'ai une tête à savoir ça, monsieur ?

– Quelqu'un a une idée ? a soupiré M. Etcheveste.

– Il a pas écrit un truc à propos d'une mouette, monsieur ?

– Pas tout à fait mais il y a de l'idée, Mehdi… Si je te dis « l'A »…

– *L'ALBATROS* !!!

– Bien, Mehdi. Je vous laisse lire le texte en silence pendant dix minutes.

J'aurais dû suivre le cours mais, comme le voyageur du poème de Baudelaire, mon cœur partait à la dérive et mes pensées s'envolaient carrément sur un autre continent.

Quand la sonnerie a retenti, j'ai suivi Chloé et Adam jusqu'au CDI.

– Tu as la lettre ? m'a demandé Adam.

– Oui, tiens, la voilà…

– Moins fort, là-bas ! s'est agacée la documentaliste, Mme Groche.

Nous étions seuls au CDI, alors je ne voyais pas trop qui nos chuchotements pouvaient gêner. La documentaliste ne donnait pas très envie d'aller au CDI. Le moindre murmure l'énervait.

– Il faut photocopier la lettre pour que tu puisses la remettre dans la boîte.

– Je sais, Adam… J'y vais.

J'avais toujours cette étrange impression de ne plus être moi-même et je me sentais curieusement insensible à tout ce qui m'entourait. J'ai marché jusqu'à la photocopieuse, inséré la lettre, appuyé sur « envoi », relevé le couvercle pour la récupérer. Et un claquement sec m'a sortie de ma torpeur. Mme Groche venait de rabattre le couvercle de la photocopieuse sur ma main.

– Vous n'avez rien oublié, mademoiselle ?

Je la fixais avec une expression hébétée.

– Ma feuille à l'intérieur ?

– Non ! Vous n'avez pas demandé l'autorisation pour utiliser la photocopieuse !!! s'énerva-t-elle.

– Oh, je suis désolée. Je pensais à autre chose.

Derrière elle, Chloé et Adam se tassaient sur leurs chaises.

– Qu'est-ce que vous vouliez copier, d'abord ?

Mme Groche a soulevé le couvercle et s'est emparée de la lettre.

– Je ne sais pas ce que c'est, mais je vous confisque ce papier. Vos parents pourront venir le chercher auprès du principal.

Mme Groche nous a ensuite séparés jusqu'à la fin de l'heure, chacun à une table. Elle a confié la lettre au surveillant pour qu'il la donne au principal. Dès la sonnerie, je me suis précipitée dans le bureau de M. Grimbert pour négocier.

– Bon… Hanako, c'est ça ? J'imagine que tu viens pour récupérer ce document, m'a demandé M. Grimbert en me montrant la lettre sur le coin de son bureau.

– Oui, monsieur… J'ai voulu faire une copie de cette lettre et j'ai oublié de demander la permission à la documentaliste.

– Je vois… Ce document a l'air ancien. De quoi s'agit-il ? Tu es sûre qu'il est à toi ?

– Oui, oui, c'est à moi, monsieur. Je voulais juste le montrer à mes amis. Il est en japonais, c'est bien la preuve qu'il est à moi. Je suis la seule Franco-Japonaise du collège.

– D'accord, mais tu crois que tes parents seraient contents que tu l'amènes au collège ?

Je commençais à voir où il voulait en venir et ça ne devait pas arriver.

– Non, c'est juste une lettre, monsieur.

– Je vais la garder, Hanako. Tes parents viendront la chercher. Je vais les appeler.

– Monsieur, s'il vous plaît, non. Rendez-la-moi. Ce n'est pas la peine de les déranger pour ça.

– Ce n'est pas négociable, Hanako. Tu peux t'en aller, maintenant.

Je suis sortie de son bureau sans un mot. Je suis arrivée dans la cour. Je ne voyais même pas les autres élèves autour de moi. J'avais l'impression de marcher dans du sable. Mes pas étaient mous. Ma tête tournait. Encore un pas. Je suis arrivée aux toilettes. J'avais des haut-le-cœur de plus en plus violents. J'ai regardé le fond de la cuvette et j'ai vomi. J'ai vomi toute ma peur et mon angoisse.

3

– Hanako, tu es là ? C'est toi ?

J'étais roulée en boule dans les toilettes depuis un quart d'heure quand Chloé a fini par me trouver. J'allais ressembler à une momie toute desséchée si je n'arrêtais pas de pleurer. Jamais je n'aurais cru que l'on pouvait verser autant de larmes. Dans un effort qui a dévoré le peu d'énergie qu'il me restait, j'ai ouvert la porte. Chloé avait aussi les larmes aux yeux en me voyant.

– Ça va forcément s'arranger, Hana… Il t'a dit quoi, le principal ?

– Il va appeler mes parents pour leur rendre la lettre…

Il n'y avait rien à dire de plus. C'était ce qui ressemblait le plus à la fin du monde, dans ma définition personnelle.

– Tu sais que je suis de ton côté, Hanako, mais… c'est peut-être pas plus mal. Ce serait plus simple de parler de cette lettre avec tes parents au lieu de te mettre dans cet état ?

– Mais ils ne veulent pas en parler…

– Adam attend dehors. Il n'a pas osé entrer dans les toilettes des filles. Tu viens, on va le rejoindre ?

Adam faisait les cent pas devant la porte. Il avait une feuille dans la main gauche.

– On a la photocopie, Hanako. On l'a récupérée en sortant sans que Groche ne le remarque.

Je ne savais plus quoi penser de cette lettre. Je n'étais même plus sûre de vouloir garder la copie.

– Tu peux la jeter, Adam.

– Je te le dis quand même, j'ai découvert quelque chose… Je suis allé en salle informatique pendant que Chloé te cherchait.

Chloé regardait Adam avec admiration. Malgré mon abattement, je n'ai pas pu m'empêcher d'être intriguée.

– Et… ?

– Et je me suis intéressé aux deux sceaux.

Il a déplié la feuille pour mieux nous les montrer. Je les connaissais déjà.

– Celui-ci est en forme de soleil et l'autre est composé de *kanji*, je pense ? J'ai donc essayé de savoir s'il existe des sceaux au Japon et s'ils appartiennent à une famille. Comme les armoiries dans les familles nobles en France. Vous suivez ?

On a fait signe que oui.

– Vous n'allez pas me croire, mais j'ai trouvé les deux sceaux assez rapidement. Celui avec les *kanji* est un sceau de l'administration japonaise.

– Et alors ? l'a pressé Chloé.

– Attends ! Ce n'est pas n'importe quel sceau ! Les *kanji* dont il est composé veulent dire « empereur » et « sceau honorable ». Je n'ai pas eu à chercher beaucoup, c'était marqué sur Wikipédia.

Cette fois, Adam avait capté toute notre attention.

– Ce sceau est utilisé pour des trucs super importants, a-t-il poursuivi, comme nommer un ministre ou des trucs de lois et d'autres choses que je n'ai pas bien comprises…

– Waow ! a fait Chloé.

Je me sentais de plus en plus perdue. Qu'est-ce qu'un texte de loi faisait dans la boîte de mon père ? Ça n'avait peut-être aucun rapport avec moi, du coup… Le poids sur ma poitrine s'est un peu allégé.

– Et l'autre sceau, alors ? ai-je demandé.

Adam a attendu quelques secondes, je voyais bien qu'il ménageait son effet.

– Ça ne te fait penser à rien, Hana ?

– Non…

– Et si je te dis *kiku no gomon* ?

– « Kiku » ça veut dire « chrysanthème »…

– Et ? Tu ne devines pas ?

Je sentais que j'avais déjà entendu la réponse… Mais quand ?… Enfin, le déclic s'est fait : au cours d'ikebana ! Adam et moi avons prononcé la phrase en même temps :

– Le symbole de la maison impériale du Japon !

– Oui, Hanako ! Le sceau personnel de l'empereur. Il en existe deux, un avec quatorze pétales utilisé par la famille de l'empereur et un à seize pétales qui n'appartient qu'à l'empereur.

Chloé et moi avons immédiatement commencé à compter les pétales sur la photocopie.

– Il y en a seize, les filles. C'est celui de l'empereur. Seul l'empereur peut s'en servir.

– Mais qu'est-ce que ça veut dire ? a demandé Chloé. C'est quoi, cette lettre ? Et pourquoi ça parle d'adoption ?

– Je ne sais pas, ai-je murmuré.

– J'en sais rien non plus, mais ça doit être sacrément important pour que l'empereur mette son sceau dessus, a complété Adam.

– Hanako ? a chuchoté Chloé. Ce n'est pas ta mère au portail de la cour ?

Je me suis retournée. Maman m'avait déjà repérée et me faisait signe de la main pour que j'approche.

4

M. Grimbert s'est raclé la gorge.

– Comme je vous le disais au téléphone, la documentaliste a trouvé votre fille en possession d'une lettre. Nous ne sommes pas sûrs qu'elle appartienne à Hanako, ou en tout cas qu'il soit avisé de l'amener au collège… Tenez.

Maman a pris le papier tout en me regardant et en fronçant les sourcils. Elle l'a parcouru avant de le déposer sur le bureau puis a pivoté vers moi.

– Tu l'as prise dans la boîte, n'est-ce pas ?

Mes mains sont devenues moites et toutes collantes.

– Hanako ? Je te parle !

– Oui, elle était dans la boîte.

Ainsi fut signé mon arrêt de mort. Le tribunal parental allait m'exécuter aussitôt de retour à la maison. C'était sûr et certain.

– Cette lettre est donc bien à vous, madame Komatsu ?

– Tout à fait. Elle est à mon mari.

– Ce problème-là est réglé, alors. Je vous invite à expliquer à Hanako qu'il est préférable de ne pas apporter d'objets de valeur au collège afin d'éviter tout problème de vol. Nous avons eu le cas avec un portable cette semaine encore…

Enfin, les manuscrits anciens n'ont sans doute qu'un maigre intérêt aux yeux des adolescents.

Maman s'est levée et a attrapé ses affaires, puis a salué le principal et m'a fait signe de la suivre. Dans la cour, elle s'est arrêtée brusquement. Je me suis préparée à me faire engueuler comme jamais. Mais rien, elle est repartie vers la voiture.

Je savais bien que j'allais être punie, mais j'étais un peu déstabilisée par le calme de maman. Je pensais qu'elle allait s'énerver… mais non. Ironiquement, quand elle a mis le contact, Norbert annonçait à la radio : « *Et le journal vous est présenté ce soir par Akihito Komatsu.* » Papa a parlé d'un accident d'avion, puis d'une grève dans les hôpitaux. Puis maman a éteint la radio. Elle ne coupe jamais les journaux de papa d'habitude.

– Pourquoi as-tu pris la lettre, Hanako ? Et pourquoi l'as-tu amenée au collège ? Tu imagines si on te l'avait prise ?…

– Bah non, justement ! Je n'imagine pas et tu sais pourquoi ? Parce que vous ne voulez pas me dire ce que c'est ! Il y a toujours une bonne excuse ! Vous dites toujours qu'il n'y a pas de secrets dans une famille, sauf que vous, vous en avez plein, des secrets, et en plus ça me concerne…

– Pourquoi dis-tu que ça te concerne ?

Je la trouvais beaucoup trop calme et ça m'énervait d'autant plus. Elle savait exactement ce que je voulais dire…

– Peut-être parce que c'est marqué que je suis adoptée, dessus !

J'avais touché juste, ma mère était sidérée. J'ai senti un courant glacé me parcourir le corps. Alors, c'était vrai.

– Ce n'est pas du tout ça, Hanako…

– Quand je vois ta tête, je sais que j'ai raison. Vous pensiez que j'étais trop bête pour ouvrir la boîte et lire la lettre ? Eh bien, vous vous êtes trompés ! Quand je pense que vous m'avez caché ça pendant toutes ces années, ça me donne envie de vomir… Je vous faisais confiance, et vous…

– Arrête de raconter n'importe quoi, Hanako, et de te faire peur toute seule. Tu n'es pas du tout adoptée et tu devrais travailler un peu plus ton japonais si tu as cru lire ça.

– C'est ça…

Elle s'est garée sur le côté, elle avait les larmes aux yeux.

– Ne me dis plus jamais que je ne t'ai pas mise au monde, Hanako. Plus JAMAIS ! Et pour ton information personnelle, les adultes aussi ont des sentiments et peuvent avoir de la peine.

Maman a redémarré la voiture et nous avons roulé en silence jusqu'à la maison.

5

Ce soir-là, le repas était anormalement silencieux. J'étais perdue dans mes pensées, essayant de démêler le fil des révélations de cette journée, quand papa a tenté de démarrer une conversation :

– Vous avez passé une bonne journée ?

– C'est une blague ? a répondu maman du tac-au-tac. Excellente ! Je suis allée au collège récupérer notre fille, qui a pris ta lettre parce que tu ne lui parles pas.

Je n'étais pas la seule à être remontée ! Je ne les avais encore jamais entendus se disputer. Papa ressemblait à une tortue qui rentre dans sa carapace.

– Très bien… J'aimerais d'abord te dire, Hanako, que je suis assez déçu que tu aies désobéi.

Maman nous a regardés les bras croisés, telle une spectatrice avant le début d'un match de boxe.

– Si tu m'avais dit la vérité, je ne serais pas allée fouiller.

– J'avais peut-être une bonne raison…

– Ah oui, laquelle ?

– Ça ne te concerne pas…

– Moi, je crois que si. Je crois que c'est à propos de moi…

J'ai lancé un coup d'œil prudent à maman.

– Et dis-moi alors ce qu'on pourrait bien te cacher à propos de toi, hein ?

– Que je suis adoptée, par exemple…

Maman a bondi de sa chaise pour interpeller papa.

– Tu vois où ça nous mène, Akihito ? Hanako pense qu'on l'a adoptée, maintenant !

– Mais enfin, c'est ridicule ! Hanako… Comment as-tu pu croire ça ?

Il avait l'air sincèrement peiné, mais je ne comptais pas le lâcher avant d'avoir le fin mot de l'histoire.

– C'est marqué sur la lettre…

– C'est un document administratif, Hanako, et il ne parle pas de toi.

– Je sais que c'est un document officiel, il y a le sceau de l'empereur dessus…

Papa s'est figé. Ça non plus, il ne s'y attendait pas.

– Comment tu sais ça ?

– Je m'intéresse à ma culture. Tu devrais être content !

Mon père s'est redressé et a pris sa voix de présentateur radio, grave et posée.

– Hanako, cette lettre autorise notre famille à entrer au Japon. Elle est effectivement signée par l'empereur. C'est le seul document dont nous disposons pour prouver que nous pouvons entrer au Japon et il est donc très précieux. Tu comprends pourquoi nous le gardons dans cette boîte et à quel point il était imprudent de l'emmener au collège ?

C'était déjà un début d'explication, mais tout ça ne me semblait pas très logique.

– Pourquoi ne pas utiliser nos passeports, comme tout le monde ?

– On ne peut pas. Je t'ai expliqué que tes grands-parents ont dû partir pour des raisons politiques. Nous avons besoin de ce papier supplémentaire à la douane.

– Je ne l'ai pas vu la dernière fois qu'on est allés à Tokyo…

– Parce que tu n'y as pas fait attention…

– Mamie et papi en ont un pour vivre au Japon ?

– Non, et c'est juste pour entrer et sortir du pays.

Le ton était redescendu et nous discutions calmement. Papa semblait enfin décidé à dire la vérité.

– Et s'ils veulent sortir, alors ?

– On leur fait une autorisation. Mais ils ne voyagent plus, donc la question ne se pose pas.

– Je trouve ça bizarre qu'ils n'en aient pas, alors que c'est à cause d'eux qu'on en a un.

– Oui, c'est bizarre, mais c'est parce que je suis resté en France.

– Et pourquoi mamie et papi ont dû partir du Japon ?

Maman est intervenue avant que papa ne commence à répondre :

– Dis-lui, Akihito.

– Quand tes grands-parents avaient une vingtaine d'années, juste après leur mariage, ils ont été mêlés à une affaire compliquée et très secrète. À l'époque, le prince héritier Akihito était en âge de se marier et célibataire. L'impératrice, sa mère, lui cherchait une épouse dans les familles les plus nobles du Japon et elle a jeté son dévolu sur une princesse qui ne plaisait pas du tout au prince. En fait, le prince était amoureux de Mizuki, une jeune femme qui n'appartenait pas à la noblesse. Akihito et Mizuki ont commencé à se voir en secret. Tes grands-parents étaient des amis proches du prince et ils ont aidé les jeunes amoureux en organisant ces rendez-vous clandestins chez eux. Quand l'impératrice l'a appris, elle est devenue folle de rage. Elle a tout fait pour tenter de briser la relation du prince avec Mizuki, en vain. Le prince lui a tenu tête et l'a menacée d'abdiquer si elle s'opposait à son mariage. L'impératrice a abandonné ses projets pour éviter un scandale, ou pire, la fin de la dynastie des empereurs du Japon. Mais elle s'est vengée en bannissant tes grands-parents. C'est ainsi que notre famille a dû venir en France. Tes grands-parents n'ont pu rentrer au Japon qu'après le décès de l'impératrice et le couronnement d'Akihito.

J'en suis restée sans voix. C'était incroyable d'imaginer mes grands-parents amis avec l'empereur du Japon et mêlés à cette histoire ! On aurait dit un conte de fées avec la méchante reine mère, et puis le prince et la princesse qui s'aiment mais qui ne peuvent pas être ensemble. Et bien sûr, l'amour qui triomphe de tout ! Sauf que dans les contes de fées, les méchants sont punis et les gentils ne sont pas exilés à l'autre bout du monde…

– C'est… incroyable ! Je peux encore te poser des questions ?

– Demain, si tu veux bien, je suis épuisé…

– Et je ne suis pas punie ? ai-je ajouté d'un ton hésitant.

– Non, les torts sont partagés…

Maman m'a tapoté sur l'épaule.

– Il est l'heure d'aller prendre ta douche, maintenant. Allez, file !

Je me suis dirigée vers la salle de bains, un peu assommée par ces révélations. Une dernière phrase de ma mère a attiré mon attention avant de monter.

– Il faudra bien que tu finisses par lui dire toute la vérité à un moment donné, Akihito, elle a le droit de savoir.

6

Plus je regardais mon ikebana, plus la théorie selon laquelle il est censé refléter nos émotions me paraissait vraie. Il ressemblait à un étang au fin fond d'une forêt maléfique ! Je ne sais pas comment je m'étais débrouillée pour qu'il y ait de l'eau partout autour du vase, des bouts de tiges jusque dans mes cheveux et, surtout, ces pauvres fleurs déchiquetées. J'avais voulu plier les tulipes en deux pour faire passer la tige à l'intérieur de la feuille. La plupart s'étaient cassées. Maintenant, elles gisaient, à moitié estropiées, incapables de tenir correctement sur le pique-fleurs. On aurait dit que quelqu'un était passé avec une minitondeuse dans mon bouquet.

Marion, à côté de moi, n'osait même plus jeter un œil sur mon vase. À croire qu'elle me voyait comme un genre de *serial killer* de plantes vertes. L'exact opposé d'un maître ikebana.

Odette s'est approchée de moi en râlant :

– Je réfléchirai avant de venir chez toi, Hanako, si tu traites tes invités ainsi. Il ne s'agit plus de laisser respirer tes fleurs, mais carrément de les réanimer ! Prends cinq minutes pour te détendre, va prendre un thé dans mon bureau si tu veux…

J'ai acquiescé. J'avais besoin de me relaxer. J'étais partagée entre la panique et la surexcitation à l'idée de revoir Matt. Et si j'étais ridicule ? J'aurais dû être plus attentive à ce qu'il m'avait raconté au café ! Et bien sûr, cette histoire d'empereur et de bannissement me tournait dans la tête. La petite phrase de maman signifiait bien que je ne savais pas encore tout ! Pourtant, c'était déjà un sacré scoop que mes grands-parents soient amis avec l'empereur ! J'ai imaginé un milliard de scénarios : papa était le vrai fils de l'empereur et ils avaient inversé les bébés à la naissance. Mes grands-parents étaient les vrais descendants du trône ou alors j'étais la fille de l'empereur et ils m'avaient confiée à « mes parents » pour me protéger d'un complot… Tout ça allait me rendre folle !

Mes grands-parents paraissaient si simples. Jamais je n'aurais pu imaginer qu'ils connaissaient l'empereur. Maintenant que j'étais au courant, je verrais peut-être l'empereur en vrai ? Est-ce qu'on me déguiserait aussi avec un kimono ? C'était tellement incroyable, j'avais l'impression d'être dans un cours d'histoire avec les courtisanes au château de Versailles, mais version kimono et *katana*. Tant qu'à me transformer en héroïne de roman, je préférais être une espionne samouraï ultra-entraînée qu'une espèce de godiche qui bat des paupières dans des robes trop serrées... Bon, la réalité, pour l'instant, était que j'étais juste Hanako, collégienne de treize ans, experte en massacre de tulipes.

Je me suis versé une tasse de thé. Cette fois, c'était un thé vert parfumé au pamplemousse et à la vanille. La vapeur est montée de la tasse jusqu'à mes narines.

– Ça va, Hanako ? Tu as l'air très soucieuse...

– Un peu...

– C'est le cours de *kendo* qui t'inquiète ?

– Non, enfin peut-être…

– Tu sais, Matt est très content. Il était même assez impatient.

Odette souriait. Même les rides au coin de ses yeux souriaient. J'ai rougi. Alors comme ça, Matt était impatient… Ça faisait au moins une bonne nouvelle.

– Qu'est-ce qui te tracasse, alors ? C'est cette légende que tu voulais traduire ?

– Oui, c'est à propos de l'empereur du Japon…

– Et pourquoi l'empereur te cause-t-il autant de soucis ?

– Je… En fait… Heu… C'est juste que c'est un peu triste comme histoire.

– Ah bon ? De quel empereur s'agit-il ?

– D'un super vieux – voilà que je me mettais à mentir comme papa, maintenant –, il était amoureux mais sa mère ne voulait pas qu'il se marie avec son amoureuse et les amis qui l'ont aidé ont été punis… mais je n'ai pas réussi à traduire la fin…

Odette me fixait avec beaucoup d'intérêt.

– Et à ton avis, comment se finit l'histoire d'Akihito ?

J'en suis restée la bouche ouverte. C'était incroyable ! Comment avait-elle su que je parlais de l'empereur Akihito ?

– Mais…

Elle s'est mise à rire.

– Je n'en sais rien… et vous, vous savez ?

Odette m'a passé la main dans le dos pour me pousser gentiment hors de son bureau.

– Quand on pose une question, Hanako, il faut être sûre de vouloir connaître la réponse… Mais puisque tu me demandes, je vais te dire ce que je sais : l'histoire s'écrit encore, elle n'est pas terminée. Maintenant, je crois qu'il faut que tu partes, tu es attendue.

J'ai tiré la porte sur laquelle une affichette annonçait « kendo ». Dans la salle, deux garçons en kimonos blancs répétaient un enchaînement avec leur entraîneur, mais aucune trace de Matt.

Je me suis mise dans un coin pour l'attendre. Au bout d'une dizaine de minutes, l'entraîneur s'est tourné vers moi :

– Tu cherches quelque chose, petite ?

« Petite » ? Sérieusement ?

– J'ai rendez-vous avec un ami pour un cours de *kendo*.

– C'est du karaté, là, pas du *kendo*…

Je me disais bien que c'était bizarre qu'ils n'aient pas d'armures…

– Le *kendo*, c'est après. Ils doivent être dans le couloir.

Comment ça « ils » ? Matt n'était pas tout seul ? Je suis ressortie et je suis tombée nez à nez avec tout un groupe. Matt était au milieu en train de discuter. Ils portaient déjà tous leur tenue de combat et leurs protections à la main. Ils se sont retournés vers moi. Si le but était de m'impressionner, c'était réussi !

– Ah, Hanako ! Je vous présente mon amie, que je dois préparer pour une petite démonstration.

Ils se sont inclinés légèrement pour me saluer. L'un d'eux s'est approché de moi.

– Bienvenue, Hanako. Je suis le professeur de *kendo*. Je m'appelle Vincent.

Avec ses cheveux poivre et sel, sa barbe et sa tenue de combat, il avait tout d'un chevalier des Temps modernes. Mais c'est surtout son regard qui était impressionnant. Il y avait quelque chose de farouche dans ses yeux.

– Enlève tes chaussures pour entrer dans le dojo, s'il te plaît…

J'ai ôté mes ballerines et j'ai rattrapé Vincent.

– Matt m'a expliqué que tu voulais faire une démonstration de *kendo* pour le spectacle de fin d'année de ton collège. Tu connais déjà un peu le *kendo* ? m'a-t-il alors demandé.

– Non, pas du tout…

J'aurais surtout voulu comprendre comment mon rendez-vous en tête à tête avec Matt s'était transformé en cours collectif avec quinze personnes. Comment pourrait-il se passer quelque chose avec tous ces gens autour ? Soit

Matt ne comprenait rien à rien, soit je ne l'intéressais pas.

– Bon, comme c'est ta première expérience, tu ne peux pas être intégrée au cours. Matt va t'entraîner et t'expliquer les bases. Il a déjà un très bon niveau et tu seras sans doute plus à l'aise avec lui puisque tu le connais déjà.

Il a fait un petit signe de la main à Matt pour lui faire quitter l'échauffement.

– Tu peux lui choisir un *shinaï*, s'il te plaît, Matt ? Et puis vous allez commencer.

Matt m'a frôlée sans me regarder. Vincent s'est tourné de nouveau vers moi :

– Un *shinaï*, m'a-t-il expliqué, c'est un sabre d'entraînement. Il est formé de lattes de bambou. Ça nous permet de frapper réellement l'adversaire, contrairement à d'autres arts martiaux. On parle de « coupes » au *kendo*. Le but, c'est de couper ton adversaire, de le tuer. Comme ça !

Il a fait un mouvement sec et rapide avec son sabre en fendant l'air.

– Compris ?

– Oui, tuer son adversaire... ai-je répété, hypnotisée.

Moi, je n'étais pas là pour couper des gens en deux, j'étais là pour Matt...

– Une dernière chose, a rajouté Vincent. Il n'existe que trois coupes autorisées au *kendo* : *men*, l'attaque au niveau de la tête, *kote*, qui vient trancher le poignet, et *do*, qui coupe l'adversaire au niveau de l'abdomen. La dernière attaque est un estoc : le sabre frappe à la gorge. Mais ça, ce n'est pas pour les débutants.

Il a de nouveau fendu l'air avec son *shinaï* en trois mouvements vifs autour de moi avant de viser ma gorge. Je n'ai pas pu m'empêcher d'avoir un mouvement de recul.

– Compris ?

– Oui !

Le moins que l'on puisse dire, c'est que ça me changeait de l'ikebana. Pour me passer les nerfs, c'était peut-être plus efficace que de massacrer des tulipes. Matt s'est planté devant moi.

– Viens !

Nous nous sommes installés dans un coin pour ne pas gêner les autres. Matt m'a tendu mon *shinaï* tout en me montrant comment le tenir :

– C'est ta main gauche qui donne la vitesse, la puissance. La main droite doit être souple, elle guide ton mouvement… Place tes mains comme ça, m'a-t-il corrigée. Ta main droite est mal mise, ton pouce doit être plus sur le côté… Attends…

Il s'est planté juste derrière moi et m'a entourée de ses bras afin d'ajuster ma position. Finalement, ça ne commençait pas si mal… Hélas ! Matt s'est vite dégagé.

– OK ? On va faire des pas glissés, *okuri ashi*. Tu ramènes ton pied gauche au niveau de ton pied droit… Allons-y.

Matt bougeait avec grâce. Pour ma part, j'avais l'impression d'être montée sur un poney avec une lance bringuebalante à la main. Si du sang de samouraï circulait dans mes veines, il était temps qu'il se manifeste. On a fait des pas en avant et en arrière pendant vingt bonnes minutes, avant de changer d'exercice. Et c'est là que la situation a empiré.

– Tu t'en sors bien. On va faire la première coupe *men*, maintenant. Donc tu vas monter ton *shinaï* au-dessus de ta tête et l'abattre comme si tu voulais couper le casque de ton adversaire. Et on va rajouter le *kiai*. C'est le cri. En même temps que tu fais ta coupe, tu cries : « *Men !* ». D'accord ?

Je l'ai regardé, interloquée.

– Ça va pas, Matt ? Je vais pas hurler comme ça…

– Mais on le fait tous, tu n'as pas à être gênée. Essaye, tu vas voir, ça fait du bien et ça libère l'énergie.

– Non, non, c'est hors de question que je crie.

– Allez, je le fais avec toi !

– Je ne peux pas, je te dis ! Et puis je croyais qu'on serait tout seuls !

– J'ai pensé que ce serait mieux si Vincent était là pour le premier cours. Comme ça, si je me trompe, il peut te corriger. Tu ne veux pas faire juste un petit cri pour moi ?

Matt avait beau me regarder avec des yeux de bébé panda, je ne me sentais pas capable de hurler devant tout le monde.

– Matt, je ne peux pas, je te jure !

– OK, on laisse tomber alors…

Il a remis son sabre le long de son corps et fait demi-tour pour retourner vers les autres *kendoka.* Je ne pouvais pas tout gâcher avec Matt pour un malheureux petit cri…

– Attends, attends, Matt, je vais essayer !

Il est revenu avec un grand sourire et m'a fait un bisou sur la joue. J'ai senti que je commençais à rougir. Il s'est positionné à côté de moi.

– Prête ? Je le fais avec toi !

J'ai levé le *shinaï* au-dessus de ma tête et je l'ai abaissé dans un mouvement assez approximatif pendant que Matt hurlait « *men* » à côté de moi. Ce n'était pas du tout ridicule, il faisait un vrai cri de guerrier.

– Le *kiai*, Hanako ! m'a-t-il lancé d'un ton accusateur. Allez, recommence !

Cette fois, un tout petit « *men* » est sorti.

– On va faire autrement !

Il m'a pris la main et m'a amené devant une pile de pneus en forme de bonhomme.

– Je te présente *Taya-san* !

– M. Pneus, ai-je traduit.

– Évidemment, j'avais oublié que tu étais bilingue… Maintenant, ferme les yeux et pense à quelque chose qui t'énerve ou une personne que tu n'aimes pas. Concentre-toi bien. Ouvre les yeux et attaque M. Pneus ! Allez !

J'ai frappé *Taya-san* sans grande conviction. Puis j'ai pensé à toutes les cachotteries de mes parents et j'y ai mis un peu plus de cœur. Je me suis souvenue de cette peste de Princesse B qui me tirait les cheveux dans les toilettes et j'ai attaqué la pile de pneus avec de plus en plus d'agressivité.

– C'est bien. Le *kiai*, maintenant, Hanako ! Crie !

Matt a crié « *men* » en même temps que je portais mon premier coup. À la deuxième coupe, j'ai réussi à dire « *men* » assez fort. À la troisième, j'ai crié en même temps que lui. Et nous avons continué comme ça dix bonnes minutes, jusqu'à ce que la sueur commence à perler sur mon front.

– C'est bon, Hanako, on va faire une pause…

Mais j'avais encore envie de frapper, de faire sortir toute cette colère, toute cette peur, toutes ces questions et tous ces doutes. Et j'ai tapé ce tas de pneus avec de plus en plus de rage. Matt a posé sa main sur mon bras gauche pour m'arrêter. J'étais ruisselante, essoufflée et certainement toute rouge.

– Hanako, stop ! Ça va ? Tu as les larmes aux yeux…

Il m'a pris mon *shinaï* des mains et l'a déposé à plat par terre.

– Viens, on va prendre l'air cinq minutes.

Nous sommes sortis dans la cour intérieure. Il faisait déjà nuit. Matt avait raison, ça m'avait libérée de crier et de massacrer ces pneus, mais je ne contenais plus mes émotions et les larmes dégoulinaient toutes seules.

– Tu trembles, tu as froid ? m'a demandé Matt en me passant son sweat sur les épaules.

J'ai fait non de la tête. Et quand j'ai ouvert la bouche, tout est sorti : la boîte secrète, l'ouverture grâce à Adam, le *kanji* « adoption », les explications bizarres de mes parents sur l'empereur… Je me doutais bien que je n'aurais pas dû raconter des choses aussi privées, mais je n'en pouvais plus de tous ces secrets.

Matt ne m'a pas posé de questions. Il m'a attirée vers lui et m'a serrée dans ses bras. Ma tête reposait sur son torse et j'entendais les battements de son cœur. C'était apaisant. Dans cette cour sombre, lovée dans les bras de Matt, j'avais enfin l'impression que rien de mal ne pouvait m'arriver. Il s'est reculé pour me glisser à l'oreille :

– Il y a une devise qui m'aide quand ça ne va pas. Je ne sais pas si tu peux en faire la tienne :

« Samouraï est un mode de vie,
Bushido en est l'essence,
Le *katana* la puissance.
Ma lumière s'éteint,
Mais samouraï je suis,
Samouraï je resterai à jamais. »

chapitre 6

Katana [n. m.] :
Sabre courbe, symbole
de la caste des samouraïs

1

En rentrant à la maison, j'étais si fatiguée que je me suis endormie sur mon lit. La sonnerie de la messagerie de mon ordinateur m'a réveillée en sursaut.

[**MissBonbon**] Hanako, t'es là ?

[**Witch**] Oui, je dormais… J'ai fait un rêve super bizarre !

[**MissBonbon**] Adam m'a fait un cadeau !!!! C'est quoi, ton rêve ?

[**Witch**] J'étais dans une barque, toute seule dans une tempête, et j'essayais de ramer jusqu'au bord mais je n'y arrivais pas à cause des vagues.

Au bout d'un moment, j'ai vu un phare au loin. En bas, il y avait mes parents qui tenaient la boîte dans la main et qui me hurlaient : « *Pas par là, Hanako, tu vas t'écraser contre les rochers !* » En haut du phare, Matt dirigeait la lumière pour me guider, sauf qu'il faisait n'importe quoi avec le projecteur ! Ma barque a fini par chavirer et je commençais à me noyer quand tu m'as réveillée.

[**MissBonbon**] J'ai bien fait, alors ! Adam m'a offert une bague. Elle est super belle, un peu style hippy chic avec un morceau de tissu pressé. Tu vois le genre ?

[**Witch**] Non, pas trop… Tu me montreras ? Et mon rêve, tu en penses quoi ? Tu ne le trouves pas bizarre ?

[**MissBonbon**] Bah non, il est assez clair : tes parents essayent de t'éloigner de leur secret et tu ne sais pas où Matt veut en venir avec toi… et tu te noies dans tout ça ! Je suis forte pour interpréter les rêves, hein ?

[**Witch**] T'es trop forte, Chloé ! J'ai plein de trucs à te raconter…

[MissBonbon] ?

[Witch] Tu ne vas pas me croire, je te préviens… Et tu dois me promettre de ne le dire à personne à part Adam !

[MissBonbon] Promis.

Je lui racontais alors ce que j'avais appris sur mes grands-parents.

[MissBonbon] Nan, je te crois pas… Je suis sûre que tu te moques de moi. Après, tu diras à Adam que tu m'as bien eue.

[Witch] Mais non ! Moi aussi, j'ai eu du mal à y croire ! Mais mes parents me cachent encore autre chose. J'ai entendu ma mère dire à mon père : « *Il faudra bien que tu lui dises tout.* »

[MissBonbon] Tu crois que tu vas rencontrer l'empereur ? Princesse B va être dégoûtée quand elle va savoir ça ! T'imagines sa tête !

[Witch] Non, parce qu'elle ne le saura pas… Tu te souviens de ce que je t'ai dit ? Tu ne le racontes à personne !

[MissBonbon] Mais c'est nul… Ça lui aurait bien fait les pieds ! Heureusement que je peux en parler avec Adam… Et Matt ? Tu ne m'as rien dit sur votre rendez-vous *kendo*…

[**Witch**] C'était un cours collectif… Mais à un moment on est sortis et il m'a prise dans ses bras. Je ne suis pas sûre de lui plaire, Chloé. Je me demande s'il n'a pas juste pitié de moi !

[**MissBonbon**] N'importe quoi ! Il veut devenir ton coach perso ! Aucun mec ne ferait ça pour une fille qui ne lui plaît pas !

[**Witch**] Pourquoi il ne m'embrasse pas, alors ?

[**MissBonbon**] Il attend peut-être le bon moment… Si ça se trouve, il se pose la même question que toi ! Je te rappelle que tu l'as engueulé les deux premières fois où tu l'as vu !

Zadam s'est connecté

[**Zadam**] Salut, les filles ! De quoi ça parle ?

[**MissBonbon**] De Matt ! Et aussi que les grands-parents d'Hanako sont potes avec l'empereur du Japon.

[**Zadam**] QUOI ???

[**Witch**] C'est vrai, Adam, Chloé te racontera…

[**Zadam**] Le sceau de l'empereur, c'était ça, alors ! J'avais raison !

[**MissBonbon**] Oui, t'avais raison, chouchou.

[**Witch**] Chouchou MDR !

[**MissBonbon**] Facile de se moquer, on verra bien comment t'appelleras Matt…

[**Zadam**] Du nouveau avec Matt ?

[**Witch**] Il ne m'a toujours pas embrassée… C'est pas bon signe.

[**Zadam**] C'est toujours pareil avec vous, les filles ! Pourquoi ce serait à lui de prendre le risque de t'embrasser ?

[**MissBonbon**] C'est ce que je lui disais…

[**Witch**] Vous comprenez pas que ça me stresse ! Bon, je vous laisse, j'ai les exercices d'anglais à finir. xoxo

Witch s'est déconnectée

Je savais qu'ils avaient raison. L'un de nous deux allait bien devoir faire le premier pas, mais ma vie était trop compliquée en ce moment pour que je prenne le risque que Matt me remballe. Tant que je ne tentais rien, j'avais au moins l'espoir de me dire qu'il m'aimait peut-être. Et puis avec les entraînements de *kendo*, j'allais sûrement me rapprocher de lui. La vraie question était de découvrir ce que mes parents me cachaient encore. Ils ignoraient quant à eux que j'avais toujours la photocopie de la lettre. Comment mes grands-parents connaissaient-ils l'empereur du Japon ? Le *katana* de mon grand-père représentait très certainement une des clés de l'énigme. Le problème, c'était qu'il se trouvait à l'autre bout de la planète.

2

M. Etcheveste a consacré notre dernière heure de cours à la préparation du spectacle de fin d'année. Dans toute sa princessitude, Princesse B a fait répéter ses copines sans relâche. À force, Margot a disjoncté :

– Tu me saoules, Bérénice ! T'as pris la grosse tête depuis que tu sors avec ce mec de 2de…

Enfin, s'il existe, parce qu'on ne l'a encore jamais vu.

Adam, Chloé et moi-même profitions du spectacle depuis notre banc, à l'ombre du seul arbre de la cour. Nous étions déjà au mois d'avril.

– Tu crois qu'elle va bannir Margot ? a plaisanté Chloé.

– Au fait, c'est qui ce mec de seconde ?

– Son voisin, *a priori.* Mais à mon avis, Margot a raison, c'est des mythos, sinon on l'aurait déjà vue se pavaner avec devant le collège…

La sonnerie a annoncé la fin des cours et M. Etcheveste nous a libérés. Nous sommes restés sur notre banc à papoter.

– Tiens, il n'est pas au collège, ce mec avec le scooter ? s'est écriée Chloé alors que je fondais sous la douce chaleur printanière.

Le garçon en question a retiré son casque et je l'ai tout de suite reconnu.

– C'est Matt !

– Hana, je comprends mieux ! Il est supra hyper beau ! s'est exclamée Chloé.

– Mais qu'est-ce qu'il fait là ? Tu crois qu'il vient pour moi ? C'est bon, pas de salade coincée ? ai-je interrogé Chloé avec un sourire forcé.

– Nan. Tu nous le présentes ?

– OK, vous êtes trop flippantes pour moi, là ! Je vous laisse. À demain ! a lancé Adam.

Je me suis cramponnée de toutes mes forces à son bras.

– Non, tu ne peux pas me laisser tomber maintenant ! Dis-moi ce qu'il faut que je fasse !!! Pitié, Adam !

– Déjà, arrête de faire la fille hystérique ! Et puis tu vas lui dire bonjour… Allez !

Adam m'a poussée en avant.

J'ai avancé droit vers Matt, il ne m'avait pas encore vue. Plus que quelques mètres… Et j'ai entendu Matt dire :

– Hé ! Salut, Lucas. Ça va, mon pote ? Trop bien le manga que tu m'as passé !

Quelle idiote ! Bien sûr qu'il n'était pas là pour moi mais pour son copain Lucas. Matt ne m'a même pas vue. Ou alors il m'a ignorée ? Histoire de ne pas me ridiculiser davantage, j'ai pris le chemin de l'association franco-japonaise en accélérant le pas.

– Hanako, attends-moi !

J'ai entendu le scooter démarrer ; une poignée de secondes plus tard, Matt se mettait en travers de mon chemin.

– Tu m'évites ?

– Non, pas du tout, je… tu étais avec ton copain…

– Je suis passé voir Lucas, mais je me suis dit que je pourrais aussi t'emmener à l'association ?

Il est descendu de son scooter et a ouvert le coffre pour y prendre un casque.

– C'est celui de ma sœur. Il devrait t'aller. Essaye.

Si mes parents apprenaient que j'étais montée sur un scooter, je serais privée de sortie, d'ordinateur et de tout ce qu'ils pourraient imaginer jusqu'à mes dix-huit ans. J'entendais déjà papa me dire : « *Mais tu es folle, tu ne le connais même pas, ce garçon !* »

– D'accord, ai-je répondu avec un grand sourire.

J'ai passé le casque qui était un peu petit pour moi. J'avais l'impression d'avoir le visage coincé dans une porte… J'ai vite rabattu la visière pour que Matt ne profite pas du spectacle.

– Prête ?

Je me suis installée. Je ne savais pas trop quoi faire de mes mains. Je n'osais tenir Matt par la taille…

– Tiens-toi à moi si tu veux !

Puisqu'il me le proposait… J'ai enroulé mes bras autour de lui et il a démarré. C'était tellement facile de croire que nous étions ensemble. C'était la réflexion qu'on devait se faire en nous voyant. Les maisons dans les ruelles défilaient, les parcs, les jardins… J'aurais voulu partir loin et que cette balade ne s'arrête jamais.

3

Pour une fois, j'avais envie de réussir un bel ikebana. J'ai écouté avec attention les instructions d'Odette. J'ai retaillé les tiges des iris, mais pas trop, pour leur laisser de la hauteur. Je les ai piqués avec application sur la gauche de mon vase en faisant attention de ne pas les aligner. À droite, j'ai installé les tiges de prêles en variant leurs tailles comme pour former une petite forêt de bambous sauvages. J'ai incliné deux brins pour les approcher des iris.

Odette a regardé mon bouquet.

– C'est bien, Hanako ! J'aime beaucoup la profondeur et le dialogue entre tes deux invités. Tu pourrais presque te passer des œillets. Je te laisse réfléchir à ce que tu vas en faire…

J'ai observé attentivement mon vase et les œillets. J'avais tout mon temps. Comme d'habitude, j'étais très en avance sur les autres. Je me suis enfin décidée à les couper assez court et à les disposer au pied du vase pour créer un lien entre les tiges de prêles et les iris. J'ai reculé pour avoir une vue d'ensemble. J'ai trouvé mon ikebana magnifique… Odette est revenue vers moi et l'a regardé quelques minutes sans rien dire.

– C'est très joli, Hanako ! a-t-elle commenté. L'air circule, les invités se parlent… Il y a même de la tendresse entre ces fleurs. La façon dont la prêle se penche vers l'iris, c'est très poétique. Bravo !

Je n'en suis pas revenue… Je n'aurais jamais pensé que mon ikebana puisse être aussi réussi et, surtout, qu'il fasse passer des émotions. Ça reste un bouquet de fleurs, quand même !

– Tu peux y aller, Hanako, et garde cette énergie, le *ki*, pour le *kendo*. Tu ne l'utilises pas de la même façon, mais c'est elle qui te donne ta force, ton équilibre, ta concentration… Elle sera ton alliée dans chaque épreuve, si tu sais t'en servir.

Elle est marrante, Odette, avec ses phrases de grand maître. Je suis sûre qu'un jour elle va me dire que *« la Force est avec moi »*.

J'ai ramassé rapidement mes affaires et j'ai filé dans le vestiaire des filles pour enfiler ma tenue de *kendo*. Mon cœur s'emballait rien qu'à l'idée de passer une heure avec Matt. Quand je suis ressortie, Matt m'a surprise, adossé contre le mur, à côté de la porte. J'ai sursauté et un léger « *oh* » m'a échappé.

– Une samouraï qui ne prend pas garde ? s'est-il amusé.

– C'est facile de surprendre les gens en se cachant derrière les portes…

Matt avait déjà mis sa veste et son pantalon mais pas encore revêtu les pièces d'armure.

– Tu viens ? J'ai trouvé une salle pour qu'on s'entraîne tous les deux.

– Tous les deux ? ai-je répété.

– Oui, j'ai pensé que tu serais plus à l'aise sans le groupe… surtout pour le *kiai*.

Matt arborait un petit sourire moqueur. J'avais oublié qu'il pouvait être aussi agaçant.

– Tu as raison de te moquer avant de m'avoir donné une arme, c'est plus prudent…

– Des menaces ? a-t-il rigolé. J'ai hâte de voir ça !

On est entrés dans la salle et Matt s'est incliné.

– Tu dois saluer le dojo. C'est la tradition.

Je me suis inclinée à mon tour, puis nous avons commencé l'échauffement.

Nous avons débuté par quelques minutes de course autour de la salle, puis nous avons continué avec une série de pas chassés et de petits sauts avant d'enchaîner avec des étirements. J'en ai profité pour jeter des regards discrets à Matt.

– OK, on va faire la même coupe que la dernière fois, a-t-il proposé au bout d'un moment. Tu te souviens ? Tu lèves bien ton *shinaï* au-dessus de ta tête et tu coupes. N'oublie pas le *kiai* ! Pour le *kiai*, tu comptes en japonais. Prête ?

J'ai fait oui de la tête et nous avons compté ensemble :

– *Ichi, ni, san, shi, go, roku, shichi, hachi, kyû, jû !*

C'était déjà plus facile de crier sans avoir tout le groupe à côté. Pourtant, il allait bien falloir que j'ose si je voulais réaliser la démonstration pour le collège. Ce serait sûrement moins dur cachée sous l'armure…

– C'était pas mal, mais il ne faut pas laisser ta lame trop retomber derrière.

– D'accord.

– On va faire la même chose mais en ajoutant les pas glissés, *okuri ashi.* Pas chassé… Tu avances le pied gauche… et en même temps que tu ramènes le pied droit, tu coupes !

Nous avons répété ce mouvement une dizaine de fois. Ensuite, Matt m'a montré les autres coupes : *kote* pour les poignets et *do* pour le ventre. Je me suis habituée à crier et chaque attaque m'a semblé un peu plus naturelle. J'ai commencé à me prendre au jeu. Mais dans un coin de ma tête, je guettais l'instant où quelque chose d'autre pourrait arriver. Quelque chose de plus… romantique.

– Hanako, tu t'es déconcentrée, là ! En théorie, c'est un sabre que tu as entre les mains. Tu crois que tu regarderais tes pieds si je m'apprêtais à te couper en deux ?

– C'est aussi pour s'amuser, non ?

– Oui, mais tu ne progresseras pas si tu n'y crois pas, si tu ne te comportes pas comme s'il y avait un danger pour ta vie… On reprend ?

– On peut faire une pause ?

– Je t'apprends juste le salut avant. D'accord ?

Nous nous sommes éloignés de quelques mètres en restant face à face.

– Place ton *shinaï* dans ta main gauche et tiens-le comme si tu t'apprêtais à le dégainer de la main droite. Regarde bien devant toi. On va se saluer en baissant légèrement la tête. À partir de maintenant, imagine que je peux t'attaquer à tout instant. Nous allons faire cinq pas chassés en avant l'un vers l'autre.

J'ai fait glisser mes pieds sur le parquet en essayant de rester bien droite et en gardant mon *shinaï* dans sa position. J'étais à environ un mètre de Matt et le regarder dans les yeux me perturbait de plus en plus.

– Nous allons nous baisser lentement en pliant les genoux. OK ! Tu vas prendre ton *shinaï* avec la main droite et placer ensuite la main gauche pour le tenir comme il faut. Parfait !

Nos deux *shinaï* se sont touchés aux extrémités, prêts à venir couper l'adversaire.

– On va se relever doucement en restant bien concentrés et en gardant le contact entre les *shinaï*.

Je ne sais pas si c'était la montée d'adrénaline avant le début du combat ou ce je-ne-sais-quoi entre nous, mais j'ai senti une force grandir en moi, une énergie qui soulevait ma poitrine et faisait battre mes tempes. C'était peut-être ça, le *ki*, cette puissance invisible dont parlait Odette.

– On la fait, cette pause ?

Nous sommes allés prendre l'air dans la cour. La nuit commençait à tomber. Nous nous sommes assis sur les marches l'un à côté de l'autre, chacun avec une petite bouteille d'eau. Une douce tiédeur persistait et le béton des marches était encore chaud.

– Tu progresses bien. Je crois que tu seras au point dans six semaines.

– Merci, Matt, merci de m'avoir proposé de m'entraîner.

Il n'a rien répondu et un silence s'est installé. Matt a glissé sa main vers la mienne et a caressé du bout des doigts le dessus de ma main.

– Tu sais, j'ai pensé à ton problème avec la lettre. Je crois que tu devrais montrer la photocopie que tu as gardée à ma grand-mère Odette. Elle ne dira rien et je suis sûr qu'elle saura la déchiffrer…

Je me sentais terriblement troublée par le contact de Matt. Des frissons me remontaient le long du bras.

– Tu crois ?

– Elle sait garder les secrets… et elle t'aime bien.

– Moi aussi, je l'aime bien… L'ikebana un peu moins, par contre, ai-je tenté de plaisanter.

– Le *kendo*, c'est plus sympa ? Ou alors c'est le prof que tu préfères ? s'est amusé Matt.

Mes joues se sont enflammées et mon cœur a manqué un battement quand Matt a attrapé mes deux mains et m'a relevée contre lui. Nos visages n'étaient plus qu'à quelques centimètres. Est-ce que j'avais rêvé cet instant ?

– Matt, attends, je…

Matt a plaqué un doigt sur ma bouche en disant « *chut* » et a fait un mouvement de tête.

Mon père était en pleine discussion avec Odette, dans le hall d'entrée. D'où j'étais, je ne pouvais pas les comprendre, mais les intonations ne laissaient aucun doute : ils parlaient en japonais. Matt et moi sommes allés les rejoindre.

– Ah, te voilà, Hanako ! Je te cherchais ! On y va ?

– À bientôt, Hana, m'a lancé Matt.

Avant de franchir la porte, je me suis retournée pour voir Matt une dernière fois. J'allais devoir attendre trois semaines avant de le revoir à cause des vacances de printemps.

4

Pendant le trajet de retour, *chichi* n'a quasiment rien dit. Quand j'ai voulu mettre la radio, il a rapidement tendu la main pour m'en empêcher en me disant qu'il avait mal à la tête. D'habitude, il me demande toujours comment s'est passée ma journée, et je m'attendais à tout un lot de questions sur Matt. J'aurais dû m'en inquiéter mais je revivais cette scène incroyable où Matt me relevait et me tenait contre lui. Je me la repassais en boucle et je m'imaginais une autre fin. Une fin où Matt aurait eu le temps de m'embrasser.

À la maison, nous avons trouvé maman dans le salon, hypnotisée par la télévision.

– Tu as vu, Akihito ?

– Oui, la dépêche AFP est tombée au bureau, juste après mon dernier flash…

– Quelqu'un peut m'expliquer ce qu'il se passe ? ai-je demandé.

Au même instant, les images sont apparues sur l'écran. Un gros accident de voiture avait eu lieu au Japon.

– Le fils de l'empereur du Japon était dans une des voitures.

– Et il est mort ?

– Non, mais son état est critique. Ryūko ne va peut-être pas s'en sortir.

Je ne comprenais pas pourquoi mes parents étaient aussi perturbés par cette nouvelle.

– Je trouve ça triste mais… pourquoi ça vous touche autant ?

Papa s'est assis sur le canapé, près de maman, et je me suis laissée tomber dans le fauteuil en face d'eux.

– C'est le fils unique de l'empereur et il n'a pas de descendant. Depuis plusieurs années, le gouvernement japonais veut réformer les règles de succession à cause de ce problème. Les frères de l'empereur n'ont pas eu d'enfants. Et les femmes de la famille impériale sont évincées dès leur mariage. En résumé, si Ryūko meurt, la famille royale du Japon s'éteindra à la mort de l'empereur. Ce sera le dernier empereur…

Mon père semblait attaché à la famille impériale mais, pour ma part, je me fichais qu'il n'y ait plus d'empereur au Japon. Mon éducation française devait m'empêcher de voir le problème. Ici, on avait décidé de trancher la tête du roi à la Révolution et on vivait heureux quand même…

– Ce serait grave s'il n'y avait plus d'empereur et une République, comme en France ?

Maman regardait avec attention l'accoudoir du canapé en se gardant bien de se mêler à la conversation. Neko a sauté sur ses genoux comme pour lui donner la diversion idéale.

– Écoute, Hanako, c'est compliqué… Tu te doutes bien que, derrière tout ça, il y a des questions politiques et diplomatiques complexes qui te dépassent et qui nous dépassent tous.

– Oui, mais pourquoi ça t'embête, toi ?

– Parce que tes grands-parents connaissent l'empereur, qu'ils ont fait des sacrifices pour lui dont nous payons encore les conséquences. Alors oui, ça me touche et j'ai très envie que Ryūko s'en sorte ! Ce serait plus simple pour tout le monde !

Papa avait l'air bouleversé. Il a quitté le salon pour aller s'enfermer dans son bureau. J'ai jeté un regard interrogatif à maman qui a haussé les épaules.

– Pourquoi ce serait plus simple pour tout le monde, maman ?

– Je ne sais pas, mon chaton, ton père est un peu secoué par la nouvelle, c'est tout. Ne t'en fais pas, ça n'a rien à voir avec toi. Viens, on va faire à manger…

5

Pour les vacances, maman avait décidé que nous irions chez ma grand-mère maternelle. Tous les soirs, nous regardions les informations. Rapidement, l'état du prince Ryūko n'a plus intéressé les journalistes français. Ces vacances m'ont semblé interminables à cause de Matt. C'est comme la pub à la télé : ça tombe toujours lorsque le suspense est à son comble dans le film ! Heureusement, cette attente a enfin touché à sa fin. C'était la rentrée, il ne me restait que trois jours avant de le revoir.

Papa s'est garé avant l'entrée du collège pour me laisser descendre. Une fois de plus, il n'a pas dit un mot pendant tout le trajet, malgré mes tentatives pour lancer une discussion.

Adam et Chloé étaient déjà là. J'ai pressé le pas pour les rejoindre. J'avais tant de choses à leur dire. Mais quelques mètres avant de les retrouver, Bérénice m'a attrapée par le bras et tirée en arrière entre le muret et la haie qui bordent l'entrée.

– Je t'ai vue monter avec Matt sur son scooter, m'a-t-elle dit sur un ton acerbe.

– Oui, et alors ? Tu le connais ?

– Matt est mon copain. Ne t'approche pas de lui.

J'ai ravalé ma salive. Une partie de moi me disait : « *Bien sûr, qu'est-ce que tu peux être bête !* » et une autre lui répondait : « *C'est pas possible !* » Enfin, j'ai réussi à formuler une réponse :

– Tu racontes n'importe quoi, Bérénice. Matt n'a pas de copine, et d'ailleurs, pourquoi ce n'est pas toi qu'il a emmenée sur son scooter si vous êtes ensemble ?

Bérénice a pris une mine enjouée.

– Qu'est-ce que tu es naïve, ma pauvre Hanako... C'est un pari ! Matt a parié avec Lucas, son meilleur copain, et moi, qu'il pouvait emballer n'importe quelle fille du collège. Lucas et moi t'avons désignée. Il nous fallait une fille un peu coincée…

Elle jubilait devant ma tête décomposée. C'était si logique… Pourquoi Matt serait venu me parler comme ça par hasard dans la rue, pourquoi se serait-il intéressé à moi ? Un gouffre s'ouvrait sous mes pieds : je lui avais raconté tous mes secrets. Et s'il répétait tout ! Matt avait pourtant l'air si sincère. Tout ça ne pouvait pas être une simple comédie.

– Je ne te crois pas, Bérénice…. J'ai confiance en lui.

Ma voix chevrotait malgré moi.

– Matt n'en a rien à faire de toi. Je suis sa copine, pourquoi est-ce qu'il te regarderait ? Tu es insignifiante, ma pauvre Hanako.

J'en avais assez entendu comme ça. J'ai planté Bérénice sur place pour me diriger vers Adam et Chloé. J'étais secouée. Finalement, il n'y a que dans les films que les gentils gagnent à la fin. Princesse B s'en sort toujours.

6

Mes journées ressemblaient à des montagnes russes : ça n'allait pas le matin, puis il se passait un truc génial au collège et finalement une catastrophe. Cette vie avec des Princesse B embusquées, des profs sadiques, des parents cachottiers était épuisante ! J'avais envie de taper sur un punching-ball ou de massacrer *Taya-san.* Mais rien qu'à cette pensée, mon cœur se serrait. Si Bérénice n'avait pas menti, il n'y aurait peut-être plus de *Taya-san*, plus de *kendo*, plus de Matt.

– Pour la vingt-huit millième fois, Hana, pourquoi tu ne vas pas demander à Lucas ? Au moins, tu seras fixée, a insisté Adam.

Je me sentais désespérée, humiliée.

– Je ne peux pas, je vais… mourir sur place s'il me dit que c'est vrai.

J'imaginais déjà la scène, avec Princesse B hilare derrière moi et Lucas se joignant à elle en riant à gorge déployée.

Ce que je n'avais pas prévu, c'était la trahison de Chloé qui s'est mise à crier : « *Lucaaaas !* » Il était en train de discuter avec tout un groupe d'amis, dont Bérénice. Ça ne faisait que confirmer mes craintes… Il a quitté le groupe et nous a rejoints d'un pas nonchalant, son sac à l'épaule. Adam et Chloé se sont éclipsés comme deux anguilles.

– Ça va, Hanako ? T'as pas l'air en forme.

Non, je n'étais pas en forme…

– Je voudrais te parler d'une conversation avec Bérénice…

– OK… a-t-il répondu d'une voix traînante. Les histoires de filles, j'évite de m'en mêler en fait…

– Est-ce qu'elle sort avec Matt ?

Lucas a fait un pas en arrière en levant les mains devant lui.

– Waow, waow… Ça, c'est pas mes affaires !

– Bérénice dit que vous avez fait un pari, toi, elle et Matt.

– Je ne sais pas ce qu'elle t'a raconté, mais c'est avec Matt que tu devrais parler de ça.

Je n'avais pas envie d'être humiliée davantage, mais je voulais avoir le fin mot de l'histoire. Et Lucas savait, j'en étais sûre.

– On ne se connaît pas trop, mais s'il te plaît, dis-moi la vérité.

– Écoute, je n'ai pas envie de te faire de la peine… Matt est le voisin de Bérénice, ils se connaissent. Je ne sais pas ce qu'il y a entre eux ni ce qu'il y a entre Matt et toi. On discute plus de musique, de jeux vidéo et de ce genre de trucs que de filles.

– Il ne t'a jamais parlé de moi ?

Lucas a fait un mouvement agacé avec le bras.

– Si, il m'a dit que t'étais sympa… Parle avec lui au lieu de poser des questions aux autres.

Il est retourné vers le groupe des 3es qui l'attendait. Bérénice s'est approchée de lui pour lui murmurer quelque chose à l'oreille. Lucas a levé les yeux au ciel puis lui a mis une petite tape sur l'épaule. Ensuite, tout le groupe a quitté le collège. Seule Princesse B s'est retournée pour me lancer un horrible sourire triomphal.

Si je marchais assez vite jusqu'à l'association franco-japonaise, j'arriverais peut-être à franchir la porte du cours d'ikebana sans avoir à croiser Matt. *Un pied devant l'autre, Hanako, tu vas y arriver.* Mes larmes débordaient de tous les côtés. Un pied devant l'autre. Je ne voulais pas pleurer pour Matt. Je ne pouvais pas craquer maintenant. Il fallait que je tienne tout le cours d'ikebana et que j'attende encore après que papa arrive. Le film de cette journée atroce défilait dans ma tête comme un cauchemar. Et ce drôle de fragment de mon cœur qui s'obstinait à voir une lueur d'espoir, qui se disait que tout ça ne pouvait pas être vrai. Ne pas pleurer. Avancer.

chapitre 7

Seppuku [n. m.] :
Rituel de suicide des samouraïs
pour laver leur honneur

1

– Hanako ! Hanako, attends-moi ! Hey ! Tu m'entends ?

J'ai accéléré puis je me suis mise à courir. Comme si je pouvais échapper à quelqu'un en scooter qui, en plus, savait très bien où j'allais. Matt a fait un dérapage pour stopper ma course.

– Mais qu'est-ce qui te prend ?

– Arrête, tu te fatigues pour rien !

– Pourquoi tu me dis ça ?

Je l'ai contourné pour reprendre ma course. Au passage, Matt en a profité pour m'attraper par la taille. Je me suis débattue en agitant les bras dans tous les sens et en criant : « *Lâche-moi !* »

– Je peux savoir ce qu'il t'arrive, d'abord ?

– Tu le sais très bien !

– Bah non, justement… Tu m'expliques ?

– Je sais tout…

– Ça doit être super pratique pour les contrôles, mais je ne vois pas le rapport avec moi !

En plus, il se moquait de moi ! Il pensait que c'était le moment de faire des blagues pourries… Je me suis libérée pour reprendre ma route.

– Laisse-moi tranquille, ai-je crié par-dessus mon épaule…

Matt m'a couru après en abandonnant son scooter au milieu de la rue.

– Hanako… C'est quoi le problème ?

– Tu n'as qu'à demander à ta copine Bérénice !

– Bérénice ? Ma voisine ?

– Si c'est comme ça que tu l'appelles…

– Pourquoi tu me parles d'elle ?

– Je suis au courant pour votre petit pari. Tu peux arrêter de faire semblant.

– Quel pari ?

Je me suis retournée, face à Matt :

– Celui où tu étais censé sortir avec moi… C'était quoi la récompense, d'ailleurs ?

– Je n'ai jamais parié ça ! Allez, calme-toi, Hana. Tu as forcément mal compris. Tu viens ? Je t'emmène ?

Je ne savais plus qui croire, alors je me suis laissé convaincre. Je suis montée sur le scooter de Matt et nous avons traversé la ville jusqu'à l'association. Tout ce qui m'avait semblé si merveilleux la dernière fois me paraissait d'une incroyable laideur. Toute la magie avait disparu.

Matt m'a laissée devant l'entrée du cours.

– Viens t'entraîner au *kendo*. On parlera de tout ça.

– Hum…

Je me suis dépêchée d'entrer dans la salle d'ikebana. Odette attendait au milieu des tables. Les fleurs et les vases étaient déjà répartis. Il ne manquait plus que les élèves.

– Tu es fanée, ma petite fleur ? Une goutte de thé t'aiderait à remonter tes clochettes ? m'a-t-elle proposé en me voyant.

Sa bienveillance m'a fait remonter les larmes aux yeux.

– C'est encore l'empereur qui t'inquiète ? C'est à cause de l'accident ?

La lettre ! J'avais complètement oublié de l'apporter pour lui montrer ! Décidément, j'avais tout loupé ce jour-là…

– Vous pensez que je pourrais vous montrer un texte écrit en *kanji*, la prochaine fois ?

– Si tu veux, Hanako. Je ne te promets pas de pouvoir tout traduire…

Odette a versé du thé dans nos bols et j'ai pris le mien entre les mains pour les chauffer. Elle avait fait un *genmaicha*, un thé agrémenté de riz soufflé, qui dégageait une délicieuse odeur de céréales grillées.

– Tu veux me parler de ce qui t'ennuie ?

J'ai hésité à tout lui dire, mais comme Matt est son petit-fils, je n'ai pas osé.

– Un de mes amis m'a trahie, je crois. Deux personnes m'ont dit qu'il avait fait un pari et qu'il n'en avait rien à faire de moi.

Odette a soufflé sur sa tasse de thé et le nuage de vapeur s'est envolé vers les livres disposés sur les étagères.

– Et que te dit ton cœur ?

– Il n'a pas très envie d'y croire, mais je sais bien que c'est le plus logique. Mon ami n'avait pas de raison de s'intéresser à moi…

– Et que t'a dit ton ami ?

– Qu'il ne comprenait rien…

– Tu ne le crois pas ?

– Je ne sais plus qui croire, Odette…

– Alors, crois ton cœur, pas ta tête !

– Ce n'est pas si simple…

Odette a avalé une gorgée de thé et a essuyé le coin de sa bouche du revers de sa main.

– Parle avec ton ami, écoute ton cœur et arrête de croire ce que les autres te racontent. Pourquoi leur parole serait-elle plus forte que celle de ton ami, celui en qui tu as confiance ? Allez, on va commencer le cours…

Je me suis appliquée pour faire un bouquet qui ne soit pas trop moche, au moins pour faire plaisir à Odette. Mais je n'étais pas du tout concentrée. Je ne pensais qu'à une chose : le cours de *kendo*. Je me demandais si je devais rester. Peut-être qu'Odette avait raison… Il fallait que j'écoute mon cœur…

2

J'ai poussé la porte de la salle avec fébrilité. Matt répétait déjà ses *kata*, des séquences techniques. Je l'ai observé dix bonnes minutes avant qu'il ne me remarque. Ses mouvements étaient souples et fluides. Malgré l'armure, le maniement du sabre, le côté brutal du combat, ces enchaînements avaient une grâce et une beauté proches de la danse. Je ne sais pas si l'on est marqué par le passé de nos ancêtres, mais le *kendo* exerce sur moi à la fois une fascination et un étrange sentiment de familiarité.

– Tu es venue ? a-t-il lancé en enlevant son casque.

– Oui…

– On s'entraîne ou tu veux parler ?

– On s'entraîne.

Nous nous sommes échauffés, puis Matt m'a fait répéter le salut avant d'enchaîner sur la répétition des différentes coupes. Il m'a ensuite expliqué comment il prévoyait d'organiser le combat pour la démonstration au collège. Je me suis retenue de lui demander s'il serait là ou si ça aussi ça faisait partie du pari…

– Je crois qu'on va manquer de temps pour que tu aies le niveau pour un vrai combat. J'ai pensé qu'on pourrait préparer un enchaînement d'attaques. Une fois toi, une fois moi… On décide par exemple de faire deux coupes à la tête *: men ! men !*

En même temps qu'il expliquait, il mimait les attaques avec son sabre.

– Puis on change : au poignet, *kote !* puis c'est ton tour au ventre, *do !* Tu te retournes et tu attaques à nouveau, *kote !* Je reprends les attaques, *men !* Il faut voir en fonction aussi du temps que tu as sur scène.

– Je ne sais pas trop. Cinq minutes, ce sera déjà bien, je pense. Mais…

J'ai hésité à poser la question qui me tournait dans la tête depuis le début.

– Mais… ?

– Tu vas venir ? Tu ne vas pas me laisser tomber ?

– Arrête de douter de moi. Je n'ai fait aucun pari. J'ai quelque chose pour toi.

Matt est allé fouiller dans son sac. Je me suis approchée, intriguée par sa dernière phrase. Il a sorti un morceau de tissu impeccablement plié et repassé.

– Tiens.

Je l'ai déplié. C'était une pièce de coton blanc avec un dessin à l'encre représentant un bambou et quelques feuilles. Un peu surprise, j'ai relevé la tête pour regarder Matt.

– C'est un *tenugui*. Le foulard qu'on noue sur notre tête avant de mettre notre casque. Celui-ci était à moi. C'est celui avec lequel j'ai remporté ma première compétition et je le porte à chaque fois que j'ai un combat important… Je voulais te le donner, pour ta démonstration.

– Matt… Merci… Je suis désolée.

– Tu sais le mettre ?

– Non, pas du tout…

– Je vais t'apprendre.

Matt a repris le *tenugui* qu'il avait laissé dans son casque et s'est agenouillé. Je me suis installée dans la même position en face de lui. Il a déployé son *tenugui* avant de le déposer sur sa tête.

– Tu places le milieu du *tenugui* au sommet de ta tête. Ensuite, tu attrapes le coin arrière, tu le passes devant et tu le coinces comme ça, puis tu fais pareil avec l'autre coin. Pour finir, tu remontes les pans devant, et voilà ! À ton tour !

Ça n'avait pas l'air très compliqué.

J'ai placé le *tenugui* bien centré sur mon crâne, puis attrapé le coin droit mais je n'ai pas réussi à le maintenir comme il faut. Je suis parvenue à coincer le second bout, mais le premier s'est défait et le *tenugui* est tombé. Matt a rigolé. J'ai recommencé, je me suis retrouvée avec un genre de corne de licorne. Au moins, ça avait le mérite d'être drôle.

– Attends, je vais t'aider !

Matt s'est penché vers moi pour placer le *tenugui* sur ma tête. Le tissu passait devant mes yeux. Je ne voyais plus rien. Il a glissé un premier coin dans un pli, puis le second, mais il n'a pas relevé le tissu. Au lieu de ça, ses lèvres ont effleuré les miennes. Il a passé une main derrière ma tête. Je n'aurais jamais pu imaginer qu'un baiser puisse être aussi doux et délicat. Son autre main m'a caressé la joue. Je l'ai senti esquisser un sourire même si je ne voyais toujours rien. C'est à cet instant que les mots de Bérénice me sont revenus. Tout ça n'était qu'un pari et Matt venait de gagner. Je l'ai repoussé des deux mains tout en me redressant. Matt a basculé en arrière.

– Bravo, tu as gagné ton pari, j'imagine !

– Tu ne me fais pas confiance ? Pas la peine de revenir, alors ! Tu sais quoi, je vais me trouver une copine moins parano !

– C'est ça, ne m'attends pas ! ai-je rétorqué en quittant la salle.

3

– Tu lui as vraiment dit ça ?

Adam et Chloé me fixaient, abasourdis.

– Je résume la situation : tu n'as pas demandé à Matt si ce que Bérénice t'a raconté était vrai ou non. La grand-mère de Matt t'a clairement conseillé de faire confiance à son petit-fils. Matt t'a fait un cadeau et t'a embrassée et toi tu l'as envoyé promener alors que tu es amoureuse de lui ?

– Vous pensez que j'ai fait n'importe quoi ?

Adam m'a regardée avec un sourire désolé…

– Chloé, dis quelque chose ! ai-je supplié.

– Bah, il n'a pas tort, Hana… Si encore tu lui avais demandé des explications sur cette histoire de pari, on saurait peut-être, mais là !

– Parce que tu crois qu'il aurait avoué ?

– Je vais préparer des citronnades et on se met dans le jardin…

Aucune tondeuse n'avait dû passer dans le jardin d'Adam depuis des années et les herbes hautes donnaient une impression de minijungle au milieu de la ville. Ce côté sauvage me plaisait beaucoup. Tout le contraire de l'ikebana où chaque végétal est plié à la volonté de l'homme.

Chloé a soupiré :

– Hana, je suis désolée de te dire ça mais, à mon avis, tu t'es plantée. Je mettrais ma main à couper que tout ça est une invention de Bérénice. Matt tient à toi, c'est évident…

Adam a renchéri :

– C'est si improbable qu'un garçon puisse vouloir sortir avec toi ?

– Oui, ça me semble assez improbable…

Je me sentais complètement perdue. Nous sommes restés un long moment dans l'herbe, en buvant nos citronnades.

Chloé a fini par poursuivre :

– Et le secret sur ta famille ? Tu ne nous en as pas reparlé.

– Je ne sais rien de plus… Mes parents se comportent bizarrement depuis que le fils de l'empereur du Japon est dans le coma. Mon père parle peu et il s'énerve pour rien. Ça ne lui ressemble pas…

– Tu as toujours la photocopie de la lettre ? m'a demandé Adam.

– Oui, mais je ne l'ai toujours pas déchiffrée… Matt m'avait conseillé de la montrer à sa grand-mère mais j'ai oublié.

– Ton père connaît le fils de l'empereur ?

– Il l'a croisé pour des cérémonies… Je ne crois pas que mes parents m'aient menti pour l'adoption… Je ressemble à ma mère, non ?

Chloé se tortillait les doigts pendant qu'Adam s'intéressait aux fourmis sur le perron.

– Bah… tu as surtout l'air japonaise… À part que tu as les yeux verts, mais ça doit aussi exister au Japon, non ? s'est risquée Chloé.

– Je ne sais pas… Sûrement… De toute façon ça n'a pas de sens.

– Qu'est-ce qui n'a pas de sens ? a demandé Chloé.

– Cette histoire d'adoption…

– À moins que tu ne sois la fille de l'empereur, s'est exclamé Adam.

– Arrête de te faire des films, Adam, l'a remballé Chloé. Si Hanako était la future impératrice du Japon, elle ne serait pas là tranquille en France sans garde du corps… Et puis on lui aurait appris des trucs de princesse comme faire la révérence ou jouer d'un instrument et danser la valse… Elle n'irait pas au collège avec nous.

– Ou alors, ses parents ne sont pas ses parents mais des agents secrets chargés de sa protection. J'ai vu un film comme ça ! Et Matt aurait été engagé pour lui apprendre à se défendre ! Ça se tient !

J'ai poussé un long soupir :

– T'as trop d'imagination, Adam… Matt s'est juste moqué de moi avec Bérénice. Quant à mes parents, il vaudrait mieux qu'ils n'aient pas affaire à des tueurs à gages. Ils ont déjà du mal à chasser le chat des voisins quand il attaque Neko, alors…

– Évidemment, c'est leur couverture !

– Laisse tomber, Adam, on est dans la vraie vie… Il n'y a pas de princesse ou de tueur à chaque coin de rue. La prof de maths, elle vient de Mars pour m'assassiner, pendant que tu y es ?

– Bah justement, parlons-en ! J'ai remarqué qu'elle ne buvait qu'une espèce de liquide vert qu'elle trimballe dans son Thermos.

– C'est du jus de kiwi, Adam…

Même si cette discussion n'avait pas résolu mes problèmes, ça me faisait du bien de me changer les idées avec mes amis.

4

En rentrant à la maison, j'ai remarqué le sac de papa dans l'entrée. Il était pourtant assez tôt. Je me suis précipitée dans la cuisine avec un mauvais pressentiment.

– *Chichi* ? Tu es déjà là ?

Mes parents préparaient à manger et ils avaient l'air détendus. Ça m'a un peu rassurée.

– Je ne présentais pas les infos aujourd'hui et j'ai fini mon reportage assez tôt, donc j'en ai profité… Et toi, tu étais où ?

– J'étais chez Adam avec Chloé. J'avais l'autorisation de maman ! me suis-je vite justifiée.

Papa m'a tendu le saladier avec deux grosses cuillères.

– Tu peux mélanger, s'il te plaît ? Il avait l'air sympa, le garçon qu'on a croisé à ton cours de *kendo*, la dernière fois. C'est celui que j'ai failli renverser, non ? Tu m'excuseras auprès de lui…

Le saladier était trop rempli et j'avais du mal à brasser son contenu. Deux feuilles étaient déjà passées par-dessus bord.

– Oui, je lui dirai si je le revois…

– Tu ne vas plus faire de *kendo* ?

Qu'est-ce que je pouvais répondre à ça ?… Mes parents allaient encore croire que je voulais arrêter une activité en plein milieu. Et je ne voulais pas leur parler de mes états d'âme. Heureusement, le téléphone a sonné et papa est allé décrocher. Il est revenu avec une tête livide en parlant au téléphone en japonais.

– Je comprends… Je vais venir immédiatement. Nakamura-san est prévenu ? Je m'y rendrai… Je le prendrai à l'ambassade… Je peux peut-être avoir le vol de ce soir, sinon demain matin… Non, ce ne sera pas un problème. Ne vous inquiétez pas, je serai là dans vingt-quatre heures maximum… Oui, je me rends compte mais je suis en France. Je ne peux pas réduire les heures de vol… J'en ai bien conscience, Okada-san. Je suis concerné de près, je vous le rappelle… Oui, c'est ça, je vous tiens au courant.

Papa a raccroché et est resté planté au milieu de la cuisine, en fixant le carrelage, sans rien dire. Puis, il a relevé brusquement la tête avant d'annoncer :

– Je monte faire une valise, je dois partir au Japon.

Maman s'est mise en travers de son chemin avant qu'il n'ait eu le temps de quitter la cuisine.

– Ça va, Akihito ? Tu veux que je t'accompagne à l'aéroport ?

– Oui, je veux bien… Je t'expliquerai en chemin. Hanako, tu restes à la maison ou tu veux dormir chez Chloé ?

– Je peux rester ici… Qu'est-ce qu'il se passe ? C'était qui au téléphone ? Et pourquoi tu dois partir au Japon ?

– Hanako, ce n'est pas le moment…

– C'est jamais le moment ! À cause de vous, ça fait des mois que je me sens mal et que je pleure et que je me demande ce que vous me cachez… Vous n'en avez rien à faire ! Tout ce qui vous intéresse, c'est votre petit secret. Je sais bien que vous me racontez n'importe quoi ! Vous jouez les parents parfaits mais vous mentez tout le temps ! Je te déteste !

Je me suis précipitée dans ma chambre pour me glisser en boule sous ma couette. Mon esprit était complètement embrouillé. Je ne savais plus à qui me fier.

Ma mère est entrée dans ma chambre et s'est assise au bord du lit.

– Hanako, ne sois pas si dure avec ton père. Je t'assure qu'il ne te cache rien pour t'embêter. Il a vraiment des soucis. Ce que tu lui as dit lui a fait beaucoup de peine. Va lui parler avant qu'il parte. Ce n'est pas bien de se quitter fâchés.

– Je ne serais pas fâchée si vous arrêtiez de me prendre pour une cruche.

J'ai soulevé la couette pour mieux respirer et la regarder bien droit dans les yeux.

– Toi aussi, tu mens, d'ailleurs.

– Je suis sûre que ton père t'expliquera la situation dès qu'il l'aura démêlée.

– Et pourquoi pas maintenant ?

– D'accord… Tu veux que je te parle d'adulte à adulte ? Tu sauras tout ce que tu veux savoir quand ton père rentrera. Pour l'instant, il est bouleversé, et ça fait des nuits qu'il ne dort pas, alors arrête de te focaliser sur toi et montre-lui qu'il peut compter sur sa fille, qu'elle est mature et capable de faire face à une situation difficile. Ce n'est pas un jeu, Hanako. On n'est pas dans une de tes séries télé où tu mènes l'enquête avec tes petites copines. Ton père a besoin de partir en sachant que tout va bien ici et que tu l'aimes.

Ma colère est retombée d'un coup. Elle n'avait pas tort.

– D'accord… Je vais aller lui parler.

Dans son bureau, mon père était en train de reposer la boîte secrète sur l'étagère et avait la lettre dans les mains. Il s'est retourné brusquement.

– Ah, Hanako… c'est toi…

Il avait les yeux rouges et gonflés. Je me suis sentie coupable.

– Je voulais m'excuser pour ce que j'ai dit tout à l'heure. Je ne le pensais pas…

– Moi aussi je suis désolé, mon écureuil, on parlera à mon retour, promis.

– Tu emportes la lettre ?

Papa a marqué un temps d'hésitation.

– Oui, je vais peut-être en avoir besoin. Je n'espère pas.

Il m'a serrée contre lui avant de prendre sa valise et de crier :

– Iris, on y va, tu es prête ?

Je les ai regardés s'éloigner par la fenêtre. La nuit venait à peine de tomber et les étoiles s'allumaient dans le ciel. Un mauvais pressentiment continuait à me torturer le ventre et me serrer le cœur.

5

Pour notre dernier contrôle de l'année, M. Beuredy nous a fait chanter un par un, devant la classe. Nous pouvions chanter *a cappella*, être accompagnés par lui au piano ou amener notre instrument. Pour la plupart des élèves, c'était un mauvais moment à passer. On était plus dans la catégorie « casseroles » que dans celle des stars de la chanson.

Adam avait décidé de se débarrasser de cette épreuve et de passer en premier. Il s'en était plutôt bien tiré avec «*Another Brick in the Wall*» de Pink Floyd en s'accompagnant à la guitare. Bérénice s'est ensuite proposée. Ce qui est super agaçant avec Princesse B, c'est qu'elle a du talent et qu'elle n'est même pas ridicule quand elle en rajoute trois tonnes. On a eu droit à la totale : la voix de sirène, la chorégraphie qui va bien, le sourire «pub de dentifrice». J'ai prié intérieurement pour qu'elle finisse par se prendre les pieds dans le fil du micro, mais non. Et bien sûr, M. Beuredy a trouvé ça génial, fabuleux, grandiose !

Écœurant !

Chloé et moi-même avons chanté juste après. J'avais choisi une chanson d'un groupe de rock japonais, pour être sûre qu'on ne me fasse pas de remarques sur les paroles. Si j'avais un trou, je pouvais chanter n'importe quoi sans que ça s'entende. C'est parfois pratique d'être bilingue dans une langue que personne ne connaît ! Je crois que le prof a trouvé que ça changeait un peu.

Cette évaluation était stressante mais elle avait le mérite de m'avoir occupé l'esprit. J'étais inquiète pour papa. Mon autre problème, c'était Matt… Dans moins de dix minutes, je pouvais tomber sur lui devant le collège.

– À votre avis, je fais quoi ?

– On t'a déjà répondu vingt fois, Hana, explique-toi avec lui !

– Moi, je suis sûre qu'il est amoureux de toi ! Ne te laisse pas faire par Bérénice…

– Vous avez raison… J'ai été nulle de réagir comme ça. J'espère qu'il va comprendre.

On a traversé la cour jusqu'à la grille. Je fixais mes pieds en préparant mon petit discours dans ma tête : « *Salut Matt, hey ! Ça va ?* » N'importe quoi ! « *Matt, je peux te parler ?* » « *Matt, je voudrais te poser une question.* » « *Salut Matt, on peut parler vite fait ?* » « *Ah ! Matt ! Ça tombe bien que je te croise…* » Pfff… Nul, nul, nul…

– Hanako, il est là !

J'ai redressé la tête, Matt était bien assis sur son scooter devant la grille du collège. Mon cœur battait à tout rompre.

– Allez, va le voir !

Une fois de plus, j'ai mis un pas devant l'autre comme si mes jambes étaient lestées, m'approchant inexorablement de Matt. Et une fois de plus, Bérénice a surgi de nulle part pour avancer aussi vers lui. Sauf qu'elle est arrivée avant moi et l'a embrassé. J'étais soufflée. Bérénice et Matt ont parlé quelques secondes avant de partir en scooter. Je n'étais plus qu'une coquille vide flottant dans un cauchemar. J'entendais comme un écho lointain : « *Tu veux t'asseoir ?* » « *Ça va aller ?* » Et d'un coup, mon corps est sorti de sa torpeur avec violence. J'ai eu un genre de convulsion et mon déjeuner a fini par ressortir là, sur le trottoir.

Adam me frottait le dos et Chloé s'était éloignée de quelques mètres pour ne pas vomir elle aussi. J'ai sorti un mouchoir pour m'essuyer la bouche. Je me suis redressée et je suis partie.

6

J'étais au moins soulagée de ne pas risquer de croiser Matt à l'ikebana puisqu'il était parti avec Bérénice. Toujours assommée, j'avais du mal à réaliser tout ce que ce baiser impliquait – notamment que je n'avais plus rien à présenter pour le spectacle de fin d'année. Autant ne pas y aller. J'arriverais peut-être à convaincre maman que c'était annulé... Je devais me ressaisir. La seule chose qui m'avait poussée à ne pas me laisser mourir dans un buisson au coin de la route était la certitude qu'Odette allait décrypter la lettre et que je saurais ce qui avait provoqué tout ce bazar dans ma famille. Je me suis approchée de son bureau en essayant de retrouver une certaine contenance.

– Bonjour, Odette !

Ma voix tremblotait. On aurait dit une petite chèvre à l'agonie.

– Oh, Hanako ! Ça va ?

– Oui, oui... Je me demandais si je pouvais vous montrer la lettre dont nous avions parlé ?

– Bien sûr. Assieds-toi.

J'ai fouillé dans mon sac. Odette a pris la photocopie avec délicatesse et l'a éloignée un peu de son visage puis l'a rapprochée, les yeux plissés, avant de se résoudre à chausser ses lunettes.

– Il me semble que c'est un papier administratif assez important. Je reconnais le sceau de l'empereur.

Elle a poursuivi sa lecture et son visage s'est assombri. Elle avait l'air de plus en plus grave et elle a commencé à dodeliner de la tête.

– Tu devrais en parler avec ta famille, Hanako…

Elle a tendu vivement la lettre vers moi comme si elle lui brûlait le bout des doigts.

– Je n'aurais jamais dû lire ça. Je ne devrais pas savoir…

Elle était de plus en plus agitée.

– Savoir quoi ?

– Toutes les vérités ne sont pas bonnes à dire.

– Mais on ne m'explique rien ! Qu'est-ce qu'elle dit, cette lettre ?

– Il faut faire attention à ce qu'on souhaite, parfois, Hanako…

– C'est MON secret, Odette, je veux que vous me disiez le contenu de cette lettre !

– Ce n'est pas à moi de te le dire. Je ne devrais même pas l'avoir lue. Je ne pensais vraiment pas à une chose aussi importante…

– Odette, je vous en supplie !

– Non, Hanako… N'insiste pas, s'il te plaît. On va débuter le cours. Les autres attendent.

– Odette… ai-je supplié d'une voix désespérée.

– Non. Je ne peux pas.

Elle s'est levée et m'a prise dans ses bras. Rien n'aurait pu m'inquiéter davantage que cet élan d'affection. Le contenu de cette lettre méritait donc qu'on me console ? Il terrorisait mon père… Un vent de panique avait balayé le visage d'Odette en le lisant. Qu'y avait-il de si terrible ?

Toutes ces questions ne cessaient de tourner dans ma tête pendant le cours d'ikebana. Odette non plus n'était pas concentrée. Son expression était figée et une ride profonde s'incrustait entre ses sourcils. Pourquoi étais-je incapable d'assembler les pièces du puzzle ? Mes grands-parents qui fuient en France, mes ancêtres qui étaient des samouraïs, l'empereur dans le coma, le départ de mon père, la lettre… et la peur ! La peur de tout le monde… Le cours a filé, tous les autres commençaient à ranger leurs affaires. Matt est entré pour venir droit sur moi. Décidément, rien ne me serait épargné en cette maudite journée.

– Hanako, tu viens au *kendo* après ?

J'ai pris le parti de l'ignorer.

– Hanako ?

J'ai persisté.

– Viens t'entraîner… Il reste peu de temps, a insisté Matt.

Je me suis levée pour prendre mon sac. Matt m'a secouée par les épaules.

– Hanako ! Il faut que je te parle.

D'un mouvement de côté, je me suis dégagée.

– Je vous ai vus devant le collège. Vous allez très bien ensemble.

– Hanako, ce n'est pas ce que tu crois…

– Je crois ce que je vois et c'était assez clair.

Je suis sortie de la salle sans que Matt ajoute un mot. En arrivant près de la voiture de maman, j'ai vu Odette en train de lui parler. Une nouvelle trahison, sans aucun doute. Je suis entrée dans la voiture et maman a démarré.

– Odette m'a dit pour la lettre. Je ne t'en veux pas, ton père aurait dû te parler plus tôt… À ce propos, j'ai une bonne nouvelle : il rentre demain soir et il a décidé de tout te raconter. En attendant, tu vas te détendre dans un bain, on va commander des pizzas et regarder un film à la télé. Une comédie romantique, ça te dit ?

Je me suis effondrée en larmes, au point d'avoir du mal à respirer. Maman s'est garée au bord de la route et m'a prise dans ses bras.

– Ça va aller, mon chaton ! Il n'y a pas de quoi se mettre dans cet état. Tout va bien, personne n'est en danger. Allez, calme-toi.

J'avais l'impression au contraire que plus rien n'irait jamais. On s'imagine qu'on peut traverser la vie comme des fakirs, sans se blesser, en marchant sur des clous, mais on termine avec les pieds transpercés par les problèmes, le ventre ouvert et toutes nos émotions offertes aux railleries de ceux qui nous ont blessés.

chapitre 8

Taian [adj. m.] : désigne les jours favorables du calendrier japonais

1

Je ne suis pas superstitieuse. Je ne crois pas que les chats noirs portent malheur et ne pas passer sous une échelle me semble du bon sens. Pourtant, au fond de moi, je ne pouvais m'empêcher d'être un peu rassurée que ce jour soit un jour *taian.* Au Japon, c'est ainsi que l'on appelle certains jours considérés comme positifs, fastes. Les jours *tomokiki* ou *sensho* sont neutres. Les mauvais jours ont droit à plusieurs appellations : *sempu, chakko* ou *butsumetsu.* LesJaponais superstitieux ne se marient pas et ne voyagent jamais ces jours-là ! J'étais un peu rassurée que papa rentre en avion un jour *taian*, même si j'avais bien conscience que c'était aussi bête que de croiser les doigts.

Comme nous étions samedi, j'avais décidé de dormir le plus longtemps possible. Neko a bien tenté de me sortir du lit mais j'ai tenu jusqu'à 11 h 30. Maman finissait une tasse de café lorsque je suis descendue dans la cuisine. Après un passage éclair dans la salle de bain, nous avons pris la route de l'aéroport. Le trajet m'a semblé interminable.

L'avion de papa avait une heure de retard et je me suis sentie fébrile. Et s'il y avait un problème ? Et si l'avion s'était écrasé et qu'on ne nous disait rien ? Ça arrive, après tout... Tout mon plan catastrophe était en place quand papa a enfin passé les portes. Je scrutais son visage en quête d'un indice mais il avait juste l'air fatigué. Difficile d'en deviner davantage. Il nous a serrées dans ses bras.

– On y va ? J'ai hâte de rentrer à la maison ! Tout s'est bien passé en mon absence ?

– Oui, oui...

Pendant le trajet du retour, papa nous a parlé du Japon, en prenant soin de ne pas évoquer l'essentiel. Mes grands-parents se portaient bien, ils avaient acheté quelques carpes pour le bassin de leur jardin. Papa était un peu inquiet pour mamie Michiko, qui avait des douleurs à la hanche. Tante Ame avait donné des cadeaux pour maman et moi. Nous lui avons raconté les dernières bêtises de Neko. Puis le silence s'est installé dans la voiture. À la maison, papa a laissé ses valises dans l'entrée et nous l'avons suivi dans le salon. Maman et moi nous sommes assises sur le canapé pendant que papa s'installait en face dans le fauteuil. Il s'est tourné vers moi et a pris une grande respiration :

– Maman m'a dit que tu as montré une photocopie de la lettre à Odette…

J'ai acquiescé.

– Elle t'a dit son contenu ?

– Non…

– Cette lettre est très importante, comme tu l'as deviné. C'est une lettre qui reconnaît que nous faisons partie de la famille impériale.

Même si je savais au fond de moi qu'il y avait vaguement un lien avec la famille impériale, la nouvelle m'a scotchée.

– La famille impériale japonaise a plusieurs branches : les *seshū shinnōke*, a poursuivi papa. Il en existe quatre et nous descendons de la maison Fushimi-no-miya, elle-même divisée en neuf branches dont celle de Komatsu-no-miya, notre nom de famille. Elle a été fondée par le prince Yoshiaki, le septième fils du prince Fushimi.

J'étais fascinée. À l'évidence, j'allais devoir réviser assez sérieusement la généalogie impériale pour tout comprendre.

– Seule la branche principale règne. Les *seshū shinnōke* garantissaient autrefois que la dynastie se poursuivrait si la branche principale n'avait pas d'héritier. Mais ces quatre maisons ont disparu après la Seconde Guerre mondiale, lorsque les lois de la maison impériale ont été modifiées par les Américains. Entre 1945 et 1951, le Japon s'est retrouvé sous occupation américaine. Le général

Douglas MacArthur, nommé gouverneur du Japon par les Alliés, a imposé aux descendants des quatre *seshū shinnōke* de devenir de simples citoyens. Notre branche est donc sortie de la famille impériale. Tu me suis ?

J'ai fait un petit signe de la tête pour montrer que j'avais compris.

– Ce n'était pas un problème tant que l'empereur avait des descendants. Il y a quelques années, l'empereur actuel a commencé à s'inquiéter : les années passaient et il n'avait toujours pas d'héritier. S'il venait à décéder sans avoir d'enfant, il n'y aurait plus d'empereur. Les textes anciens avaient prévu cette hypothèse en rendant possible l'adoption d'un descendant d'une branche secondaire.

Je commençais à assembler tous les morceaux et à deviner la fin de l'explication, mais cela me semblait improbable, impensable, irréaliste !

– Ton grand-père est un cousin de l'empereur, un descendant de la branche Komatsu-no-miya. L'empereur a toujours gardé une affection particulière pour notre famille qui l'a aidé à épouser la femme qu'il aimait. Au décès de la vieille impératrice, notre famille a eu le droit de rentrer au Japon et l'empereur a décidé…

Papa a pris une grande inspiration avant de poursuivre.

– … a décidé de m'adopter comme héritier s'il venait à mourir sans descendance. Je devais avoir à peine trois ans alors, et peu de temps après, Ryūko, le fils de l'empereur, est né. Toute cette histoire d'adoption n'avait donc plus aucune importance. J'ai pu vivre ici, épouser ta mère, te voir grandir et avoir ma carrière de journaliste sans qu'on se préoccupe de moi au Japon. J'ai pu vivre ma vie comme je l'entendais en me rendant occasionnellement à Tokyo.

– Jusqu'à l'accident, ai-je conclu.

Les conséquences me semblaient gigantesques. Ça m'a fait penser à la théorie de l'effet papillon : un battement d'ailes à Tokyo venait de chambouler nos vies ici, à plus de neuf mille kilomètres.

– Oui, jusqu'à l'accident… Si Ryūko venait à mourir, alors je devrais monter un jour sur le trône de chrysanthème. Je n'en dors plus. Je suis terrifié à cette idée et absolument pas prêt. Les Japonais ne sont pas du tout au courant de tout ça et ce serait sans doute un immense scandale qu'un Japonais ayant grandi en France se retrouve sur le trône.

Maman, très pragmatique, a alors posé une question judicieuse :

– Et comment va Ryūko ? Qu'est-ce qui a été décidé pendant ton voyage ?

– Son état est stabilisé et certains signes positifs laissent penser qu'il va sortir du coma. Tout le monde espère que Ryūko va récupérer, mais les conseillers de l'empereur voulaient prendre des précautions. Ils souhaitent que je revienne vivre au Japon et qu'on commence à me présenter dans les cérémonies officielles, au cas où…

Maman a laissé échapper un petit cri :

– Tu dois aller vivre au Japon !!! Et nous ?

– Pour l'instant, j'ai donné mon accord pour y aller cet été, pendant mes congés. D'ici là, je suis sûr que Ryūko se sera remis. Je suis allé le voir à l'hôpital, il réagit aux stimulations des médecins. Ce sera peut-être long, mais il va s'en sortir.

Moi qui avais eu des millions de questions à poser ces derniers mois, je me retrouvais muette comme une carpe. J'étais sidérée. Une petite voix dans ma tête répétait en boucle : « *Tu es une princesse impériale, tu es une princesse impériale…* » Je n'étais pas excitée mais incrédule. Ça n'existe que dans les films, des histoires comme ça ! Dans la vraie vie, les filles ordinaires ne se transforment jamais en princesses.

2

Après les cours, je suis allée au parc près du collège pour manger une glace avec Adam et Chloé. Ça n'avait pas été facile pour moi de tenir ma langue. *Chichi* m'avait fait promettre de ne rien dire à mes amis. « *C'est important pour notre sécurité, Hanako, on ne sait jamais…* » De toute façon, c'était certain que personne ne m'aurait crue. Moi-même, j'avais déjà du mal à me dire que c'était vrai. Et puis, je trouvais ça marrant d'avoir une identité secrète, comme Superman. Heureusement, j'étais dispensée du collant bleu et du slip par-dessus ! J'aurais bien aimé quand même balancer tout ça à la tête de Princesse B et la voir s'énerver. Comment quelqu'un pouvait-il avoir l'audace de surpasser sa princessitude ! Au final, ce qui m'a demandé le plus de réflexion était de savoir comment dire une partie de la vérité à Chloé et Adam sans trop en dévoiler non plus... Ils m'avaient aidée depuis le début, ils avaient bien droit à quelques explications ! Je me suis lancée :

– Vous savez, le secret de la boîte... eh bien, mon père m'a tout raconté.

Affalée dans l'herbe, Chloé s'est redressée instantanément.

– Et tu as attendu toute la journée pour nous le dire !

– Je ne pouvais pas en parler au collège...

– Alors ? s'est impatienté Adam.

– Il faudra me croire, je ne vous raconte pas d'histoires. Je préfère vous prévenir parce que ce n'est pas rien à avaler.

– Mais bien sûr qu'on te croit… Allez ! a trépigné Chloé.

Je leur ai raconté toute l'histoire, sauf la partie sur papa qui risquait de devenir empereur. Aucune réaction. Rien.

J'étais sûre que vous n'alliez pas me croire… Adam a enfin produit un petit son suivi de :

– C'est…

– … incroyable, a fini Chloé.

– C'est vrai, je vous jure !

Et encore, ce n'était qu'une toute petite partie de la vérité !

– Mais du coup, tu… Tu es une vraie princesse, ou une impératrice, enfin, je ne sais pas comment on dit ! Il faut qu'on t'appelle comment ? m'a demandé Chloé.

Je n'ai pas pu m'empêcher de rire.

– Détends-toi, Chloé, je reste ta copine ! Et puis, je ne suis rien du tout. Nous sommes juste des cousins éloignés de l'empereur. Mais tu peux m'appeler Princesse H si tu veux, ça changera de Princesse B, l'ai-je taquinée.

Ma petite blague a au moins eu le mérite de détendre un peu l'atmosphère.

– Mais pourquoi ton père est-il allé au Japon alors ? m'a questionnée Adam.

– La famille impériale voudrait qu'on les voie plus souvent et ils avaient quelques détails administratifs à régler avec mon père. Je n'ai pas tout compris.

– Tu vas aller vivre au Japon ?

– Non, non ! Enfin, je ne crois pas. On va y aller en vacances cet été, c'est tout.

– Ce sera classe comme carte postale : « *Coucou, c'est Hana. Je vous écris de la salle du trône. Je passe des super vacances au palais impérial ! Bise.* »

Nous avons rigolé de la blague d'Adam. Ils commençaient à apprivoiser cette révélation et à redevenir normaux.

– Est-ce que tu as des choses que tu n'as plus le droit de faire, du coup ? Tu peux sortir avec des garçons ? s'est subitement inquiétée Chloé.

Adam s'est moqué d'elle et l'a poussée pour la faire tomber dans l'herbe.

– Non, Chloé, ça ne change rien pour les garçons !

– Ah, bah tant mieux pour Matt, alors !

Chloé s'est immédiatement plaquée les deux mains devant la bouche en se rendant compte de la bêtise qu'elle venait de dire.

– Ce n'est pas grave, je commence à m'y habituer...

– Je n'arrive toujours pas à croire qu'il l'ait embrassée. Je ne pensais pas qu'il était comme ça... Il avait l'air de tenir à toi.

– Il avait l'air, comme tu dis. S'il sort avec Bérénice, c'est que je me suis bien trompée. En tout cas, je ne suis pas près de retomber amoureuse.

– Ça ne veut pas dire que tous les garçons sont comme ça. Regarde Adam !

Adam avait une expression bizarre. Il se mâchouillait l'intérieur de la bouche et regardait autour de lui d'un air gêné.

– Ça va, Adam ? Qu'est-ce qui te prend ? l'ai-je interrogé.

– Ah ! Tant pis, je ne peux pas garder ça pour moi !

– Quoi ? avons-nous demandé en chœur avec Chloé.

– Matt… Il est venu me parler…

– Et tu ne m'as rien dit !

– Je ne savais pas quoi faire et je ne voulais pas que tu sois encore plus triste…

Mon cœur s'est serré en entendant ses derniers mots.

– Pourquoi je devrais être encore plus triste ?

– Ce n'est pas ça, mais tu avais l'air de vouloir passer à autre chose.

Chloé a fini par s'énerver :

– Mais tu vas finir par nous dire ce qu'il a dit ?

– Il m'a demandé si tu avais assisté à la scène avec Bérénice, et quand je lui ai dit que oui, il s'est emporté. Il a même mis un grand coup de pied dans une poubelle. Je vous passe les insultes qui allaient avec. J'étais agacé qu'il t'ait fait de la peine, alors je lui ai dit de ne plus s'approcher de toi. Et il est parti…

Tout se bousculait dans ma tête mais je n'arrivais pas à tirer de conclusion sur ce qu'Adam venait de raconter.

– Mais il ne t'a rien dit d'autre ?

Chloé a insisté :

– Adam, il a dit autre chose ?

– Nan, nan…

Le ton d'Adam n'était pas du tout convaincant.

– Tu es horripilant quand tu fais ça, Adam. Je vois très bien que tu mens, a lancé Chloé.

– Il m'a dit de te dire qu'il t'aimait et…

– Et quoi ? Bon sang, Adam ! me suis-je impatientée à mon tour.

– Et que si tu te souvenais de votre baiser, tu saurais qu'il ne mentait pas… Qu'on ne pouvait pas tricher pour ça.

– Et pour Bérénice, alors ? C'était de la triche ? N'importe quoi !

Pourtant, Adam avait réussi à semer le doute. Malgré tous mes efforts pour enfouir mes sentiments, je devais me rendre à l'évidence : j'étais toujours amoureuse.

3

J'ai frappé sur la vitre qui séparait le bureau d'Odette de la salle pour attirer son attention et je suis entrée. Je tenais avec précaution la boîte décorée d'un papier de soie à l'imprimé floral rouge et bleu.

– Bonjour, Odette, ai-je bafouillé.

– Tiens, Hanako, tu es en avance ?

J'ai tendu la boîte vers elle.

– C'est pour vous… Pour vous remercier de votre aide.

Odette a saisi la boîte et l'a ouverte.

– Hum ! Mais c'est un *gyokuro* ! C'est une attention très délicate de ta part, Hanako. C'est difficile de trouver ce thé en France. Je vais nous en faire.

Papa l'avait ramené de Tokyo, bien sûr. C'était sa façon de remercier Odette pour sa discrétion vis-à-vis de notre famille. Odette s'était levée pour choisir une théière dans sa collection.

– Tu sais que le *gyokuro* est un thé très précieux au Japon ? Son nom veut dire « perle de rosée ». C'est poétique, tu ne trouves pas ?

Ses doigts caressaient maintenant la surface des théières en argile, toujours en quête de celle qui serait la mieux adaptée à l'occasion.

– Je n'en ai goûté qu'une fois, poursuivit-elle. On dit qu'il a la saveur *umami*.

En Occident, il existe quatre goûts : le salé, le sucré, l'acide et l'amer. Les Japonais en ont un cinquième : *umami*. On peut le traduire par « goût savoureux » mais c'est difficile à décrire. On dit souvent qu'il fait saliver et qu'on le ressent avec des aliments comme le fromage, les crustacés, la sauce soja…

Odette a fini par choisir une théière très simple en terre cuite avec une anse tressée. Elle a servi le thé une première fois, puis l'a remis dans la théière avant de me tendre enfin une tasse.

L'odeur était douce, légèrement iodée, avec un goût d'herbe fraîchement coupée. Odette s'est assise en face de moi et a humé sa tasse les yeux fermés.

– Odette, je voudrais vous remercier pour la dernière fois. J'étais complètement paniquée, et en parlant à ma mère vous m'avez rendu service. Sans compter les conseils que vous m'avez donnés toute l'année.

Odette s'est contentée de m'adresser un sourire en savourant son thé.

– Je continuerai peut-être l'ikebana l'année prochaine. Ça m'embêterait de ne plus vous voir…

– Tu peux venir ici sans faire de l'ikebana, si tu en as envie…

J'ai à mon tour fait une pause pour déguster ce fameux thé.

– Tu as réglé ton problème avec ton ami, aussi ? a relancé Odette.

Mes joues se sont empourprées.

– Pas vraiment… Je ne sais toujours pas quoi penser.

– Je vois…

Elle ne me lâchait pas du regard.

– Mais il a embrassé une autre fille devant moi !

Les mots m'avaient complètement échappé.

– Tu es sûre de ce que tu as vu ?

– J'étais à côté…

– Parfois, on s'attend tellement à voir quelque chose qu'on croit l'avoir vu, même si ce n'est pas arrivé.

J'ai pris quelques secondes pour intégrer sa dernière phrase.

– Je sais ce que j'ai vu. Il se sont embrassés.

– Si tu sais, alors pourquoi doutes-tu ?

– Mais…

Un jour, il faudra que je lui demande comment elle fait pour toujours savoir ce que j'ai dans la tête. C'est quand même étrange.

– Mais ?

– Mais il a dit à un de mes amis qu'il m'aimait… Ça n'a pas de sens.

– Et à toi, qu'est-ce qu'il t'a dit ?

– Je ne lui parle plus…

– Voilà une méthode efficace pour communiquer avec les autres et régler les problèmes, s'est-elle amusée. Peut-être qu'il vaut la peine d'éclaircir la situation…

– C'est sûr…

J'ai hésité un peu avant de poser ma question. Tant qu'à avoir cette discussion, autant me lancer :

– Il vous a dit quelque chose sur moi ?

– Qui ça, Hanako ?

Odette s'est levée pour nettoyer sa théière, puis s'est dirigée vers la salle d'ikebana.

– Tu viens ? On va rejoindre les autres maintenant.

Pour notre dernier bouquet de l'année, Odette avait amené plein de fleurs différentes et chacun a pu piocher celles qu'il préférait. J'ai longtemps hésité devant ce parterre bigarré, avant de me décider pour des œillets du poète bleu-violet avec un liseré blanc sur le bord des pétales, quelques mufliers blancs et une branche de noisetier. J'ai décidé qu'elle serait « mon invité principal », comme dit Odette.

Elle est passée derrière moi à ce moment :

– Tu sais ce qu'on dit, Hanako, sur le noisetier ? C'est le bois des baguettes magiques…

J'ai planté ma branche de noisetier légèrement en biais. Ça rend toujours bien de ne pas la mettre droite. J'ai remarqué que ça plaisait à Odette. Ensuite, j'ai trouvé leur place aux œillets, à droite de mon vase, comme un petit bosquet. J'ai pris le temps de regarder ma composition avant de poursuivre. Si seulement ça pouvait être aussi simple de ranger sa vie. Je prendrais Matt pour le piquer bien à sa place et Bérénice irait droit à la poubelle.

– On ne s'énerve pas quand on a des fleurs en main, Hanako !

Odette est une bonne fée sans baguette. Elle sait toujours ce que je pense. Je me suis concentrée à nouveau sur mon bouquet et l'installation des mufliers. Après un temps de réflexion, je les ai placés plus haut que les œillets et devant le noisetier pour faire le lien. Je me suis reculée pour voir le résultat final.

– C'est très réussi ! Magnifique…

Le commentaire, juste derrière moi, m'a fait sursauter. Je me suis retournée pour vérifier que je ne me trompais pas.

– Tu veux bien venir avec moi, maintenant que tu as fini ? m'a demandé Matt.

4

– Je n'ai pas mes affaires de sport…

– Ce n'est pas grave, j'y ai pensé.

J'ai suivi Matt jusqu'à la salle d'entraînement. Il a actionné l'un des interrupteurs pour allumer une rangée de néons. Au milieu de la salle, se trouvait un sac. Matt m'a fait un signe de la tête pour que j'aille voir.

– Qu'est-ce que c'est ?

– Ouvre, tu verras bien…

Ma curiosité l'a emporté et je me suis décidée à le rejoindre. J'ai ouvert le sac. À l'intérieur, se trouvait un paquetage plié avec soin. Je l'ai sorti. Il s'agissait d'une tenue complète de *kendo*.

– Tu vas en avoir besoin pour la démonstration, la semaine prochaine… On empruntera les pièces d'armure au club.

Tout ça n'avait aucun sens. Notre accord ne pouvait plus tenir, maintenant qu'il avait embrassé cette peste de Princesse B.

– Je ne vais pas faire la démonstration…

– Pourquoi ?

– Comme tu as… enfin, tu sais très bien.

– Embrassé Bérénice ? C'est ce que tu crois ? Je peux m'expliquer ?

– Il n'y a rien à expliquer, tu sors avec qui tu veux…

– Je ne sors pas avec Bérénice. Je suis amoureux de toi, Hanako. Je n'ai jamais ressenti ça pour personne. Tu ne veux pas baisser ta garde ? Je ne peux pas faire le dernier pas à ta place.

Je suis restée muette. Matt a soupiré et s'est dirigé vers la porte. Une voix intérieure me criait qu'il n'y aurait pas d'autre chance et j'ai enfin pris le risque de me dévoiler.

– Moi aussi, ai-je murmuré.

Matt s'est retourné.

– Quoi ?

– J'ai dit : « *Moi aussi.* » Moi aussi je ressens ce que tu as dit.

Matt est revenu lentement vers moi et m'a serrée contre lui. Je le sentais trembler.

– Laisse-moi t'expliquer, m'a-t-il glissé à l'oreille.

– Je suis désolée, Matt, de ne pas t'avoir cru.

Nous nous sommes installés dans le patio intérieur. Matt a pris mes mains dans les siennes pendant qu'il commençait ses explications :

– Je suis venu devant le collège pour te parler et je ne t'ai pas vue. Par contre, j'ai repéré Bérénice et j'en ai profité pour lui dire d'arrêter de t'embêter et surtout de me lâcher. Ça fait des mois qu'elle raconte à tout le monde qu'on sort ensemble alors que ce n'est pas vrai. C'est juste ma voisine. Au début, ça m'était un peu égal, mais quand je t'ai rencontrée, je ne m'en fichais plus du tout… Je l'ai vue devant le portail, je lui ai fait signe de s'approcher et je me suis penché pour lui faire la bise, mais elle a tourné la tête pour m'embrasser. Je lui ai dit de monter sur mon scooter pour qu'on aille s'expliquer plus loin, parce que je ne voulais pas que tu nous voies. J'avais peur que tu interprètes mal la situation, mais ce que je ne savais pas, c'est que tu étais là dès le début. Hana, il faut que tu me croies, je n'en ai rien à faire de Bérénice.

– Et qu'est-ce que tu lui as dit après ?

– Je lui ai dit qu'elle avait intérêt à arrêter de te raconter n'importe quoi si elle ne voulait pas que je raconte à tout le monde ses petits secrets. Cinq minutes après, je l'ai laissée au bout de la rue. C'est la fin de l'histoire. Ensuite, je suis venu ici pour te parler et tu n'as pas voulu m'écouter. J'ai compris que tu nous avais vus…

– Et tu es allé voir Adam…

– Oui, je suis content qu'il te l'ait dit…

– J'aurais dû t'écouter… Matt, je…

Il y a eu un instant d'hésitation magique où nous nous sommes regardés dans les yeux et nos visages se sont rapprochés, mais aucun de nous deux n'a osé franchir les quelques centimètres restants pour déposer un baiser sur les lèvres de l'autre. Matt s'est raclé la gorge, un peu gêné :

– On va s'entraîner ? Parce qu'il nous reste pas mal de travail pour être au point pour la semaine prochaine !

5

Chaque classe s'était vu attribuer un rôle. Les 6es s'occupaient de préparer les stands de nourriture et de boissons. Des tréteaux avec des nappes accueillaient déjà de nombreux gâteaux. Même si une autre année m'attendait dans ce collège, je n'ai pu m'empêcher de ressentir une pointe de nostalgie pour tous ces moments passés avec Chloé et Adam. Des guirlandes de lampions serpentaient entre les arbres de la cour et de petites bougies solaires brillaient sur les tables. L'estrade avait été installée devant le préau, de sorte que l'espace près des casiers puisse servir de coulisses. Adam était en train de finir d'installer le rideau, perché sur un escabeau, aidé de Mehdi, Lucas et Grégoire.

M. Etcheveste a rassemblé les élèves de ma classe pour vérifier que nous étions prêts. J'ai serré mon sac de sport contre moi pour me donner du courage. Matt n'allait sûrement pas tarder à arriver. Quand M. Etcheveste s'est éloigné du groupe, les conversations des uns et des autres ont repris. Princesse B se trouvait juste à côté de Chloé, Adam et moi.

– Il va bientôt arriver, Alice… Il m'a dit qu'il viendrait me voir. Ensuite, on rentrera ensemble sur son scooter. Ce sera tellement romantique.

– Tu as trop de chance, Bérénice…

Bérénice pouvait bien raconter ce qu'elle voulait, je faisais confiance à Matt. Par contre, la vraie question était de savoir pourquoi Bérénice continuait, parce que ses copines allaient bien finir par découvrir le pot aux roses.

– Tiens, voilà le prince charmant, a fait remarquer Adam en faisant un petit signe du menton.

Matt s'est avancé dans la cour. Il portait un jean avec un T-shirt blanc. Bérénice s'est exclamée : « *Ah, le voilà !* » à l'intention des duchesses.

– Tu as vu comme il te regarde, Hana ? a commenté Chloé tout excitée.

Quand Matt est passé devant Bérénice, celle-ci lui a lancé un petit « *salut, Matt* ». Il lui a répondu d'un signe et a continué son chemin jusqu'à moi. Il a glissé une main dans mon dos et m'a embrassée tendrement sur la joue.

– Ça va ?

– Oui, oui…

Je me suis sentie intimidée. Matt venait de montrer à tout le collège que j'étais celle qu'il avait choisie. Nous nous sommes installés à l'une des tables proches de l'estrade et Adam nous a abandonnés pour rejoindre les coulisses. Le spectacle allait commencer. En jetant un œil vers les stands de boissons, j'ai aperçu mes parents. Papa a eu un élan vers moi mais maman l'a retenu par la manche. Je suis sûre qu'elle lui a dit de me laisser tranquille.

M. Beuredy, le prof de musique, a pris le micro pour présenter sa comédie musicale préventive sur le tabac et nous avons vu Adam entrer sur scène en costume de tumeur.

– Je ne sais pas qui a fait ce costume avec les tentacules violets et les espèces de trous de fromage, mais c'est horrible, a commenté Chloé.

La comédie musicale a été largement applaudie et la soirée a continué avec les autres démonstrations. La plupart des élèves avaient choisi de chanter une chanson ou de jouer un morceau de musique, comme Chloé au violon. Plein de parents lui ont fait des compliments.

Matt et moi sommes ensuite allés nous préparer en coulisses. Comme à l'entraînement, il m'a aidée à nouer mes protections. Mon cœur battait très fort, j'étais hyper heureuse à l'idée de vivre ce moment avec lui. J'étais très excitée aussi de découvrir la réaction de mes parents et des élèves. Personne n'était au courant à part Chloé et Adam. Et même eux ne savaient pas trop à quoi s'attendre.

Nous sommes montés sur scène dans le noir et nous nous sommes positionnés l'un en face de l'autre. Deux projecteurs se sont allumés, braqués sur nous. J'ai tout de suite senti la chaleur monter. Matt et moi nous sommes avancés lentement l'un vers l'autre, la main gauche retenant notre *shinaï* à la ceinture. Arrivés à environ deux mètres d'écart, nous avons tiré notre lame de la main droite tout en nous baissant pour nous saluer. Nos yeux se cherchaient à travers la grille. La tension était palpable quand nous nous sommes redressés et que nos *shinaï* se sont touchés. Immédiatement, Matt a lancé une attaque en hurlant : « *Men !* » Des petits cris de surprise ont surgi du public et m'ont un peu déconcentrée, mais j'ai tout de même réussi à parer sa coupe, comme prévu. Matt a enchaîné avec une autre attaque à la tête et une au poignet. J'entendais encore quelques personnes dans le public. Je respirais de plus en plus fort. C'était maintenant à moi de passer à l'offensive. Je me sentais galvanisée par l'énergie du combat mais une petite voix dans ma tête me disait : « *Tu ne vas pas crier devant tout le monde ?* » Matt a perçu mon hésitation et a poussé un léger cri d'encouragement. J'ai brandi mon *shinaï* pour l'abattre sur son poignet mais mon *kiai* était hésitant. Matt s'est repositionné pour se préparer à ma deuxième attaque au niveau du torse. Une véritable férocité vibrait dans son regard. Nous avons enchaîné les coupes suivantes avec plus de fluidité et j'ai retrouvé la sensation de danse que j'avais à l'entraînement. Les mouvements de Matt étaient rapides, précis, efficaces. Il ne me ménageait pas. Je commençais à manquer d'air quand nous avons réalisé le dernier enchaînement. Nous nous sommes repositionnés face à face pour nous saluer. Je haletais à travers la grille de mon casque et je sentais ma peau mouillée par la sueur. Quelques secondes de silence se sont installées avant qu'une personne commence à applaudir. Nous avons retiré nos casques. Petit à petit, le reste du public s'est réveillé et les applaudissements se sont étoffés en un vrai triomphe. Je me suis sentie très fière de Matt et moi.

Matt m'a prise par la main pour m'entraîner derrière la scène. Nous avons croisé Bérénice et ses copines, qui s'apprêtaient à faire leur démonstration dans des costumes dignes des plus grandes stars américaines. Mais je m'en moquais, maintenant que Matt m'attirait près de lui. J'étais encore tout essoufflée. Nous avons laissé nos armures dans un coin et Matt a continué à me tirer par la main jusqu'à un carré de pelouse éloigné de la fête. Nous nous sommes allongés dans l'herbe pour nous reposer un peu tout en regardant le ciel étoilé.

– Je m'en suis bien sortie ? lui ai-je demandé au bout d'un instant.

– Tu as été parfaite… Une vraie samouraï…

Matt a roulé sur le côté et m'a doucement caressé la joue pour tourner mon visage vers lui. Je sentais la chaleur de son souffle. Je connaissais la suite et j'ai savouré chaque seconde de flottement avant que Matt m'embrasse. Nous sommes restés de longues minutes ainsi, à échanger des baisers et à nous murmurer des mots doux. J'aurais voulu que cet instant dure toujours.

Enveloppée dans les bras de Matt, sous la bénédiction de la lune et des étoiles, j'ai fermé les yeux et j'ai imaginé mon avenir. Je ne rêvais pas de choses compliquées, juste de rester dans cet équilibre fragile de bonheur, cette douceur, cette plénitude, quand tout semble en harmonie. Si ma vie était un ikebana, chaque invité aurait trouvé sa place et le vent n'aurait plus qu'à souffler pour les faire vibrer tous ensemble.

6

Les passagers du vol AF35647 pour Tokyo sont invités à se présenter au hall C, porte 24.

– Tu viens, Hanako ? Il faut y aller, maintenant… m'a pressée papa.

– J'arrive.

J'ai adressé un dernier signe de la main à Chloé, Adam, Matt et Odette à travers la vitre. Je n'allais pas les revoir avant longtemps.

REMERCIEMENTS

Ce livre n'existerait pas sans ma maman, qui m'a donné le goût de la lecture et des mots, et le soutien de mon compagnon qui m'a encouragée à chaque étape.

Merci à Jérôme, Maria, Stéphanie, Fanny et Marie-Pierre, mes premiers lecteurs.

Mes chères julienautes, j'ai écrit ce roman en pensant à vous et je suis sûre qu'Hanako vous ressemble ! Vous êtes une vraie source d'inspiration !

Les membres de l'USC Musashi m'ont initiée au *kendo* avec passion… et patience, vu mon talent ! *Arigatô gozaimasu*, Frédéric-senpai.

Ce livre doit beaucoup à Flore, mon éditrice. Merci pour ta disponibilité et ta gentillesse. Mes remerciements vont aussi à Didier, Sophie, Chloë et aux équipes de Milan.

Enfin, merci à toi, lecteur, lectrice, d'avoir choisi et lu mon livre.

E. L.-B.

http://elodielochbeatrix.com

Achevé d'imprimer en Espagne par Novoprint
Dépôt légal : 4e trimestre 2016